Sylvie Germain
Sara in der Nacht

Sylvie Germain

Sara in der Nacht

Roman

Aus dem Französischen
von Christel Gersch

Aufbau-Verlag

Die Originalausgabe ist unter dem Titel
»Tobie des marais«
1998 bei den Éditions Gallimard, Paris, erschienen.

Die Verszitate von Saint-John Perse bringen wir in
der Nachdichtung von Friedhelm Kemp; das Gedicht
von Jules Supervielle übertrug Christel Gersch

ISBN 3-351-02912-8

1. Auflage 2001
© Aufbau-Verlag GmbH, Berlin 2001
Tobie des marais © Éditions Gallimard, Paris 1998
Einbandgestaltung visàvis, Wulf Winckelmann
Druck und Binden Clausen & Bosse, Leck
Printed in Germany

www.aufbau-verlag.de

Für Tadeusz Kluba

Der Ausreißer

Als ich ein Mann geworden war, heiratete ich Hanna, die aus dem Geschlecht unseres Vaters stammte, und wir bekamen einen Sohn, den wir Tobias nannten.

Das Buch Tobit, I,9.

Auf einmal war der Himmel bleischwarz. Ein riesiger Himmel über dem weit und breit flachen Land, das in drückendem Schweigen lag. Nur am Saum der nachtschwarzen Wand liefen silbrige Schauer durch die dünnbelaubten Pappeln. Auch das Vieh auf den Weiden und Höfen hielt sich still vor banger Erwartung. Die Wand erdröhnte wie ein Unheilsgong. Die Schwärze wurde violett, dann ein Riß mittendurch. Sturmregen prasselte. Die Sicht sank auf Null. Der Fahrer in seinem regengepeitschten Gehäuse hatte das Gefühl, zum Taucher zu werden. Er drosselte, schaltete die Scheibenwischer ein: In dem kaum mehr erkennbaren Radius seiner Windschutzscheibe bewegte sich ein seltsamer Meteor direkt auf ihn zu. Ein rollendes kleines Etwas, dottergelb – als wäre die Sonne von der Gewalt des Unwetters zur Erde herabgeschleudert worden und auf Zitronengröße geschrumpft. Es kam in aller Geschwindigkeit über die Landstraße.

Die Vision der vom Firmament gestürzten Minisonne dauerte keine Sekunde. Im Nu war die Scheibe grau überwabert, aber die unglaubliche Erscheinung kehrte regelmäßig wieder. Der Fahrer zwinkerte, schob den Kopf nah an die Scheibe. Der Regen trommelte so hart, daß er die Radiomusik übertönte. Der Mann drehte lauter, und eine klagende Stimme, die bald von einer zweiten, dann von einer dritten getragenen Stimme untermalt wurde, füllte die Taucherkapsel: »Auf einem Bett aus Farnen/ unterm Kastanienbaum/ treiben die alten Geister/ ihr Spiel mit der Welt ...«

Der Fremde neben dem Fahrer seufzte leise wie jemand, der sich aus tiefer Versunkenheit löst oder der einen zu weit führenden Gedanken aufgibt.

»Ach, sind Sie jetzt wach!« sagte gereizt der Mann am Steuer. – »Ich habe nicht geschlafen«, sagte der andere. – »Na, haben Sie das gesehen, das da vorn auf der Straße?« – »Habe ich.« – »Was kann denn das sein?« drängte nervös der Fahrer. – »Am besten, Sie halten«, schlug der Fremde vor. »Tanzt die Welt/ kreist die Welt ...«, sangen die korsischen Stimmen.

Der Wagen bremste langsam und hielt am Straßenrand. Der Fahrgast öffnete die Tür. »Bei der Sintflut wollen Sie aussteigen!« rief der Fahrer. Eine leisere Stimme begann die zweite Strophe des Liedes, eine Stimme, als lodere sie aus einem Feuerschlund von gebrannter Roterde. Der Fremde lächelte zur Antwort, dann schloß er hinter sich die Tür und verschwand im Regen. »Tanzt die Welt/ kreist die Welt ...«, verklang der polyphone Gesang.

Bald kam der andere, triefend von oben bis unten, zurück. »Na, und?« fragte der Fahrer, während er das Radio abstellte, mit einem ärgerlichen Blick auf seinen nassen Fahrgast. Der hatte am Rande der wenig befahrenen Landstraße gestanden in der Hoffnung, daß ein Auto anhalten würde, und weil das Gewitter drohte, hatte er ihn mitgenommen. Zuerst hatte er ihn für ein Mädchen gehalten wegen der langen braunroten Haare, die ihm üppig bis auf die Schultern fielen. Und noch eine Weile danach hatte er geschwankt, ob dieser Tramper nun männlich oder weiblich sei, sein Äußeres ließ es nicht eindeutig erkennen, nicht einmal seine wohlklingende, ein wenig rauhe Stimme. Aber er redete ja kaum, antwortete nur einsilbig und ausweichend auf die Fragen, die man ihm stellte, und die Unterhaltung war bald verstummt. Der hält mich wohl für seinen Chauffeur! hatte der Fahrer im stillen geschimpft, womit er entschieden hatte, daß es sich nicht um ein Mädchen handelte.

»Na, was ist?« fragte er noch einmal verärgert, weil dieser falsche Androgyne sich Zeit ließ zu berichten, was er gesehen hatte, und erst mal lässig seine durchweichte Mähne schüttelte. »Es ist ein kleiner Junge, der auf der Straße Zickzack fährt«, sagte er endlich. »Inzwischen ist er an uns vorbei und rast immer weiter. Man müßte umkehren.« – »Bei dem Sauwetter!« schimpfte der Fahrer. Aber im selben Moment hörte der Regen ebenso plötzlich auf, wie er angefangen hatte, und der Himmel funkelte jetzt schieferfarben. »Sehen Sie«, sagte der junge Mann, »es wird wieder schön.«

Der Wagen startete wieder, wendete und fuhr im Schritttempo. Bald hatten sie den kleinen gelben Meteor eingeholt, der mitten auf der Fahrbahn strampelte, durch Wassergarben, die bis zu seinen Schultern aufschossen. »Ist der Bengel denn lebensmüde!« schrie der Fahrer. Er beschleunigte leicht und wich so weit wie möglich nach rechts aus. Sowie der Wagen sich näherte, riß das Kind den Lenker seines Dreirads herum und sauste in die Gegenrichtung. »Verdammt noch mal!« Der Mitfahrer lachte schallend. »Und Sie lachen noch?« fauchte der andere. – »Warum nicht! Sehen Sie sich den kleinen Irrwisch doch an: Gelbe Regenkutte, apfelgrünes Tomahawk über der Schulter, rotes Dreirad, und wie der in die Pedale tritt! Keine Scheu vor Farben, und eine Energie! Ist er nicht herrlich?« – »Eine Nervensäge!« – »Ach wo, ich denke eher, ein Kerlchen, das vor Kummer nicht aus noch ein weiß.« – »Na, wenn schon!« knurrte der Autofahrer achselzuckend.

Der Wagen fuhr rückwärts, um den Winzling auf seinen drei Rädern einzufangen. Das Kind versuchte erneut auszureißen, aber der Fahrer, dem es mit dieser Verfolgungsjagd zu bunt wurde, stoppte jäh und sprang aus dem Wagen; er stürzte auf den Jungen zu, schnappte ihn bei seinem Wachstuchkragen. »Schluß mit dem Affentheater!« schrie er und hob das rebellische Kind hoch, aber es klammerte sich an seinen Lenker und trat wie wild um sich. Der Mann zwang es, den Lenker loszulassen, er schleifte es zum Straßenrand. »Hör mal«, schnaubte er atemlos, »willst du dich überfahren lassen, du Dummkopf?« – »Ist mir doch egal!« zischte der Kleine durch die Zähne. Seine Regenjacke war völlig verquer geknöpft, die Kapuze hing ihm bis auf die Augen. So schöne, schwarze Augen, so groß und so verweint. Der Zorn des Mannes schmolz; er ging vor dem Kind in die Hocke, lockerte seinen Griff und fragte: »Wo willst du denn hin, sag mal?« Der Kleine schluchzte, hob den Kopf und blickte den Mann mit blitzenden Augen an.

»Zum Teufel geh ich!« Jetzt hätte auch der Mann beinahe losgelacht, aber es war soviel Ernst und Verzweiflung in dem Bürschchen, dessen Herz er dumpf häm-
mern hörte, daß es ihm einen Moment die Sprache ver-
schlug. »Zum Teufel«, sagte er dann, »weißt du vielleicht,
wo der wohnt?« Und die Antwort kam wie geschossen,
schrecklich, unwiderruflich: »Klar, immer gradeaus.
Mein Vater schickt mich.« – »Was redest du für einen
Unsinn«, sagte der Mann in beschwichtigendem Ton,
»erstens gibt es keinen Teufel, und außerdem sorgen sich
deine Eltern jetzt um dich …« Das Kind fiel ihm ins
Wort. »Doch gibt es den Teufel! Nämlich, der hat den
Kopf geholt von meiner Mutter, und mein Vater hat
mich weggejagt. So hat er mit dem Arm gemacht, wie ein
Schwert!« und er streckte seinen Arm aus. Der Mann
verstand nichts mehr, außer daß da wohl ein Drama passiert sein mußte, vielleicht sogar ein Verbrechen.

Der junge Mann stand schweigend dabei. Als der
Kleine den Arm ausstreckte, um seinen Vater nachzuah-
men, ergriff er die kleine Hand und behielt sie in der seinen. Das Kind warf ihm einen wütenden Blick zu, der
sich aber schnell besänftigte. »Beim Teufel hast du
nichts zu suchen«, sagte der junge Mann ernst und ruhig, »und auch der will nichts von dir. Dafür braucht
dich dein Vater jetzt sehr nötig. Laß uns umkehren,
komm.« Der Kleine schaute ratlos. Mit einemmal waren
Zorn und Schrecken von ihm abgefallen wie ein schlim-
mes Fieber, das nur noch große Schwäche hinterläßt. Er
wankte leicht, der junge Mann nahm ihn auf seine Arme
und trug ihn zum Auto. »Nehmen Sie das Dreirad«,
sagte er zu dem Fahrer, der nun noch weniger verstand,

»wir bringen den Jungen nach Hause.« Der andere ge-
horchte, packte das Dreirad in den Kofferraum, aber als
er wieder am Steuer saß, entgegnete er: »Wir wissen
doch gar nicht, wo der Kleine wohnt, und nach dem,
was er erzählt hat, wäre es vielleicht besser, ein Kommis-
sariat aufzusuchen …« – »Ich weiß, wo er wohnt, ich
zeige Ihnen den Weg. Es ist nicht sehr weit.« – »Ach,
dann sind Sie aus der Gegend?« – »Nicht direkt. Hauptsache ist, daß ich Sie führen kann.« – »Aber«, beharrte
der Autofahrer, dem diese Geschichte nicht geheuer erschien, »meinen Sie nicht, man sollte lieber …« – »Das
Kind schnellstens nach Hause bringen, ja!« fiel ihm der
junge Mann, der den Kleinen auf dem Schoß hielt, ins
Wort.

Und der Wagen rollte weiter durch das Moor. Aus
einem Graben flog schwerfällig ein Milan auf. Die Straße voll großer Pfützen, in denen sich der jetzt indigo-
farbene Himmel spiegelte, schillerte blau. Dem Fahrer
war es, als bewege er sich in völlig unbekanntem, fast
unwirklichem Land, wo die Elemente durch eine Alche-
mie des Lichts ineinander übergingen. Vor Müdigkeit
und Weinen schlief der Kleine im Arm des jungen Mannes ein, und mit leiser Stimme wies der dem Fahrer den
Weg.

*

Zur selben Zeit rannte der Vater querfeldein, lief alle
Wege ab, durchsuchte Gräben und Büsche. Er achtete
auf keine Dornen, keinen Stacheldraht, die ihm das
Jackett zerrissen und die Hände zerkratzten. Und er
schrie: »Anna! Anna!« Er rief seine Frau, rief sie wie

wahnsinnig – wahnsinnig, ja, denn sie war tot, und ihre Leiche lag zu Hause. Aber liegen wäre falsch gesagt, denn der Mann hatte die Tote in den großen Mahagonisessel gesetzt, den Ohrensessel mit dem lindgrünen Samtbezug, der im Wohnzimmer vorm Kamin stand. Die Hündin Onyx hatte sich vor ihrer Herrin niedergelegt und jaulte ohne Ende.

Nur war die Leiche nicht vollständig, ihr fehlte die Hauptsache: der Kopf. Und nach diesem Kopf suchte Théodore unter Farnen und Büschen, überall. Und deshalb rief er seine Frau – damit sie ihm aus eigenem Mund antworte: »Hier bin ich.«

Wenn die Wirklichkeit die Deiche sprengt, wenn sie explodiert, einfach so, und ausartet in eine unfaßliche Vision, wie soll ein Mann da nicht den Wirklichkeitssinn verlieren und einen Augenblick am Rand des Wahnsinns taumeln.

Und diese Vision – eine ganz körperliche, ganz wirkliche, die in den Hof der Lebons eingebrochen war, wo der nachtblaue Pfau Basalt mit seiner schwarzen Henne umherstolzierte – war allerdings dazu angetan gewesen, Herz und Verstand eines Mannes aus der Bahn zu schleudern.

Es war am frühen Nachmittag, Théodore war vors Haus getreten, ein altes Lied aus Kindertagen auf den Lippen wie so oft: »Tschiribi, tschiribi, tschiribim bom bom bom, tschiribom, – oy! tschiribi biri bom …«, da kam langsam die Stute Obsidian in den Hof, auf dem Rücken ihre blutüberströmte Reiterin ohne Kopf. Théodore blieb die Stimme weg, obgleich seine Lippen noch ein paar lautlose »Tschiribi bom bom« formten. Die

Erscheinung konnte nicht wahr sein, das Gegenlicht mußte ihm einen Streich spielen. In diesem Sumpfland ist das Licht immer so trügerisch, man weiß nie, kommt es aus dem Himmel, der Erde, den Bäumen oder aus dem Wasser.

Théodore rang nach Atem, es ging nicht. Sein Atem hatte ausgesetzt wie sein Lied, wie die Zeit. Obsidian war vor der Mauer stehengeblieben, wo die Stockrosen blühten, und Théodore sah aus dem Hals seiner Frau die weißen, karmingeäderten Blütenstände ragen. Annas Gesicht war zu Blumen geworden. Eine Stockrosenfrau.

Aber dann schüttelte sich die Stute, und die gespenstische Reiterin verlor das Gleichgewicht, kippte nach links und rutschte aus dem Sattel. Weil ihre Füße noch in den Steigbügeln festhingen, fiel sie über den Pferderücken. Die hohen Rosenstöcke aber standen noch immer vor der Mauer und wiegten sich leise im Wind. Auf dem Kiesweg breitete sich eine dunkelrote Lache aus wie ein Blumenkelch. Théodore tappte vor wie ein Schlafwandler, seine Füße fühlten den Boden nicht mehr. Er näherte sich der Stute, die gleichmütig den Kopf abwandte, er hob die Leiche herunter und trug sie ins Haus. Er bettete sie in den Sessel, wo Anna abends immer saß und las. Er drückte ihre Schultern an die Rückenlehne, legte ihre Arme auf die Seitenlehnen, zog ihre Beine heran, die Knie nebeneinander. Dann nahm er die Kaschmirdecke vom Kanapee und breitete sie über ihre Beine. Er umhegte die Tote wie eine Genesende, die man vor Erkältung schützen muß. Der lindgrüne Samt des Sessels färbte sich rot, die Stockrosenfrau hörte nicht auf, flüssige Blumen zu verstreuen, auch auf die Bodenfliesen regnete es kleine Blüten.

Théodores Handgriffe waren sicher, behutsam, er machte sich um die enthauptete Leiche zu schaffen wie ein exakt funktionierender Automat; sein Verstand war vom Blitz getroffen. Er sprach kein Wort. Eine ebenso rigorose wie absurde Logik brach sich in ihm Bahn: An einen Körper ohne Kopf das Wort zu richten war sinnlos, weil er keine Ohren hatte zu hören und keinen Mund zu antworten, aber zu einem Kopf, wenn auch ohne Körper, konnte man reden, ihn konnte man fragen. Und deshalb lief er, sobald er es Anna in dem Sessel bequem gemacht hatte, hinaus, den verlorenen Kopf zu suchen.

Er schloß die Haustür ab. Die Stute war verschwunden, er bemerkte es nicht. Der Pfau hatte sich hinter einem Hortensienbusch in den Schatten gelegt, die schwarze Henne scharrte in einem Beet Kapuzinerkresse.

Als er über den Hof lief, sah er seinen Sohn Tobias auf seinem roten Dreirad auftauchen, mit einem Kriegsgeschrei wie ein Indianer in einem Western. Er hatte seine gelbe Kutte an, weil seine Mutter beim Frühstück gemeint hatte, es sähe nach Regen aus. Sowie der Kleine den Vater erblickte, stieg seine kriegerische Begeisterung, und sein Geschrei wurde doppelt so schrill. Théodore blieb stehen. Tobias sollte nicht in den Hof kommen und die Blutlache sehen, und auf keinen Fall durfte er ins Haus. Doch zu einer Erklärung außerstande – was konnte er auch erklären? –, brachte er nur ein dumpfes Gebrüll hervor. Der Kleine glaubte, der Vater gehe auf sein Spiel ein und mime einen Bären, und sein Plastiktomahawk schwingend brauste er auf ihn zu. Er fuhr seinem Vater gegen die Beine und stürzte um. Das war nun kein Spaß mehr und schon gar nicht glorreich für einen Krieger, also schmollte er, hielt aber die Tränen zurück. Er erwartete, daß sein Vater ihn aufheben, streicheln und weiter mit ihm spielen würde. Nichts dergleichen geschah. Théodore packte ihn bei den Achseln, stellte ihn schroff auf die Füße und sagte mit einer Stimme, die der Kleine nicht an ihm kannte: »Daß du mir nicht in den Hof kommst, hörst du! Ich verbiete es dir!« Tobias sah ihn entgeistert an; gewiß hatte er gehört, aber er verstand nichts. Und er sah, daß sein Vater ganz blutig war, seine Kleider, seine Hände, und etwas Erschreckendes war in seinem Gesicht, seine Züge waren plötzlich so anders, so verzerrt, aber am schlimmsten war sein starrer Blick.

Panik befiel Tobias; nie hatte er seinen Vater so gesehen. Ein gewaltiges Schluchzen stieg ihm in die Kehle, aber so schnell, daß es sich zu einem Klumpen ballte und ihn würgte. Das Entsetzen, das Théodore seit der Erscheinung der kopflosen Reiterin geschlagen hatte, ging über auf seinen Sohn. Auch wenn der nichts wußte, spürte er doch alles mit schmerzlicher Schärfe; alles, das heißt das Unmögliche, Unaussprechliche: den plötzlichen Einbruch des Unheils.

Weil der Sohn nicht zu reagieren schien, sondern vor ihm stehenblieb mit aufgerissenen Augen und blöder, verstörter Miene, schrie Théodore, in seiner Auswegslosigkeit wie in einer Spirale verfangen, von neuem: »Daß du mir ja nicht ins Haus gehst! Mach, daß du hier verschwindest, los, los!« Aber wohin verschwinden, wenn man erst fünf Jahre alt ist? »Mama«, stieß Tobias kläglich schluchzend hervor, das Zauberwort, das doch immer, wenn Tobias es aussprach, Gesicht und Gestalt, Lächeln und Duft annahm und überging in Zärtlichkeiten und Küsse. »Mama!« flehte Tobias zum zweitenmal. Da schlossen sich Théodores Hände um die Schultern des Kindes wie Klauen, und Worte, deren er nicht Herr war, brachen ihm aus dem Mund: »Deine Mutter hat keinen Kopf mehr! Ihr Kopf ist weg, weg! Und du, scher dich zum Teufel!« Und er streckte den Arm vor, über Tobias hinweg. Seine Hand wies in keine bestimmte Richtung, aber sie zitterte vor furchtbarer Erregung. Das Kind übersetzte sich Worte und Geste in seine eigene Sprache: Der Teufel hat Mamas Kopf gestohlen, und ich soll ihn wiederholen. Er stellte sein Dreirad auf, bestieg es, und ohne nach weiteren Erklärungen zu fragen, sauste er voll Zorn und Schrecken in die gewiesene Richtung. Wenn er mit seinem Tomahawk käme, würde der Teufel den Kopf seiner Mutter schon herausrücken müssen.

Der Kleine radelte drauflos gegen alle Angst, alle Müdigkeit, gegen den immer stärkeren Wind, und dann gegen Donner, Blitz und Regen. Der Vater rannte die Hecken entlang, beugte sich über die trübgrünen Kanäle, er lief in alle Richtungen und schrie, schrie bis zum Heiserwerden: »Anna! Anna!« Aber er fand den abgetrennten Kopf seiner Frau ebensowenig wie sein Sohn die Höhle des Teufels.

*

19

Anna – fast fünfzig Jahre hatte Théodore gelebt, ohne sie zu kennen, ohne überhaupt zu ahnen, daß es sie gab, aber seit dem Augenblick, in dem er ihr begegnet war, erschien ihm das Leben ohne sie undenkbar. Daß ihn die Liebe getroffen hätte wie ein Blitz, um die Verzauberung zu benennen, die Théodore Lebon an jenem Tag erlebte, wäre trotzdem falsch gesagt; dieser Mann aus dem Moorland hatte nichts von der Dynamik des Feuers, erst recht nichts von Blitzen oder schlagenden Wettern. Seine Wasser flossen ruhig, tief eins mit der Erde, den Wolken, den Bäumen, sanftmütige Wasser voll verborgener Kraft und stark im Schweigen. Es war also eher ein Überflutetwerden durch Licht und Weite, was in ihm vorging, als er Anna begegnete, und das große Staunen, das er bei ihrem Anblick empfand, wurde von Anfang an durch ein Gefühl völliger Selbstverständlichkeit ausgewogen, so als wären sie beide seit langer, langer Zeit, weit vor ihrer Geburt, miteinander verabredet gewesen.

Das Feuer, das wohnte in Anna, ein starkes, beherrschtes Feuer; es hatte die Gabe, die Vorzüge und die Kräfte des Wassers zu steigern.

Und als er sie zum erstenmal erblickte, in einer Straße in Nantes, erinnerte sie ihn an die Flamme in einem Leuchtturm. Ein Leuchtturm mit seinem verläßlichen, bläulichen Licht mitten im dichten Nebel. Théodore hatte in der Stadt geschäftlich zu tun gehabt; jetzt suchte er ein Restaurant, wo er essen wollte, bevor er in sein Hotel ging. Der Nebel hatte nicht nur Häuser, Denkmäler und Fußgänger verschluckt, er schluckte auch die Geräusche. Die Stadt schwamm in wattigem Dämmer.

Die Erscheinung der schmalen, fahlblauen Gestalt in einer hellerleuchteten Telefonzelle, die aus dem Nebel brach, hatte ihn sonderbar berührt. Sie war ein Ruf zur Besinnung nach einem arbeitsreichen Tag, ein Ruf des menschlichen Mysteriums. Und Théodore fühlte einen ganzen Schwarm von Bildern in sich emporsteigen, die an seinen offenen und völlig wachen Augen vorüberzogen. In Zeitlupe trieben die Traumbilder vor ihm im Nebel. Er näherte sich der Laterna magica, von der dieser Strom von Bildern und Empfindungen ausging, und legte seine Hand sacht an die Scheibe. Die Frau kehrte ihm den Rücken, sie wußte nichts von seiner Anwesenheit. Sie sprach gedämpft, zu leise, als daß Théodore etwas verstehen konnte. Er wollte sie auch gar nicht belauschen, er wollte nur die bläuliche Erscheinung berühren, die ihn angezogen, ihn gebannt hatte. Seine Hand ein zweiter Blick.

Fast unfreiwillig, las er über die Schulter der Unbekannten hinweg die Rufnummer der Kabine und merkte sie sich. Die Frau neigte den Kopf beim Reden seitlich und lachte leicht auf. Théodore verspürte Scham, sie so ohne ihr Wissen zu beobachten; dieses kleine Lachen, das nicht ihm galt, hatte ihm seine Ungehörigkeit bewußt gemacht, und zugleich stach ihn die Eifersucht. Wem mochte sie dieses Lachen schenken?

Er entfernte sich lautlos, überquerte die Fahrbahn. Auf der anderen Straßenseite stand noch eine Telefonzelle. Ohne groß zu überlegen, trat er ein und wählte die eben gelesene Nummer. Natürlich war die Leitung besetzt. Es hätte ihm nichts ausgemacht, Stunden zu warten, die ganze Nacht, wenn es sein mußte. Doch so lange brauchte er nicht zu warten, die Verbindung wurde beendet, der Signalton wechselte. Mit klopfendem Herzen blickte er nach der Leuchtturmzelle hinüber. Die Frau, im Begriff zu gehen, fuhr zusammen, dann nahm sie zögernd ab. Und Théodore fing an zu reden, wie man ins Leere springt. Er wußte nicht, was alles er da erzählte, woher ihm die Worte kamen, die er doch ohne Stocken hervorbrachte, ein poetisches Impromptu. Nahezu ein halbes Jahrhundert von Worten, Bildern, Gedanken, Gefühlen und Träumen hatte sich plötzlich in ihm eingefunden und geballt – und das offenbar nur, weil die blaue Flamme diese ungewohnten Sätze in ihm auslöste.

Die zuerst mißtrauische Frau ließ sich bald aus der Fassung bringen; dann, vermutlich amüsiert, wie erstaunlich beredsam ihr unsichtbarer Gesprächspartner war, ging sie auf den Dialog ein. Mit einemmal brach ihr vermeintliches Ferngespräch ab. So groß war aber die Entfernung nicht, man brauchte nur die Straße zu überqueren. Das hatte Théodore getan, und nun klopfte er mit den Fingerspitzen an die Zellentür, hinter der die Frau noch immer den Hörer in der Hand hielt. Endlich wandte sie ihm ihr Gesicht zu. Es war ein ungeschminktes, reines Oval – sehr schmal das Kinn, und ihre schwarzen Augen wirkten noch schwärzer gegen ihre blasse Haut. Théodore hätte nicht sagen können, ob sie schön war – sie war anders, ganz anders eben.

Zuerst warf sie ihm einen ziemlich finsteren Blick zu, dann lächelte sie, und auf einmal, angesichts der plötzlichen Verlegenheit dieses Mannes, der sich noch wenige Minuten vorher so einfallsreich gezeigt hatte, lachte sie.

Diesmal galt das Lachen mit dem leicht verschleierten Timbre ihm, Théodore, und mit diesem sanft flackernden Lachen brach Anna in sein Herz ein, unwiderruflich.

Mit dieser Frau neben sich lief Théodore dann durch die Straßen von Nantes, und sie war für ihn eine schmiegsame, blaue Flamme zur Feier des Nebels, des Zufalls und der Liebe.

Anna war zwanzig Jahre jünger als er, aber dieser Altersunterschied störte sie beide ebensowenig wie ihre anderen Verschiedenheiten. Daß sie verschieden waren, entzweite sie nicht, es machte vielmehr die Harmonie ihrer Zweisamkeit aus. Sie waren sich einig in Geist, Herz und Blick.

*

Während Tobias gegen den Teufel auszog und Théodore durch die Gegend irrte, trippelte die alte Deborah den Weg zu ihrem Haus. Sie trug einen Weidenkorb vor dem Bauch; in dem Korb lag, in weißes Leinen eingeschlagen, ein frischgebackener Kuchen. Ein schöner, goldener Apfelkuchen, der nach Zucker, Butter und Zimt duftete. Tobias liebte diesen Kuchen über alles, für ihn hatte sie ihn gebacken.

Deborah war über neunzig und Tobias ihr Urenkel. Sie ersetzte ihm die Großmutter, denn ihre Tochter, Théodores Mutter, war vor vielen Jahren gestorben. Deborah stand von jeher für die Ihren ein, die lebenden wie die toten.

Von weitem sah sie Annas schwarze Stute über ein Feld stromern. Sie wunderte sich, daß die Stute da umherlief, wo sie nichts zu suchen hatte, aber die alte Frau setzte ihren Weg fort. Im Hof war ein großer, dunkelroter Fleck, sie dachte, eine Weinflasche sei zerbrochen. Sie klopfte an die Haustür, ihr Klopfen blieb ungehört. Die Tür war abgeschlossen, also sind alle fort, dachte sie und ging um das Haus herum. In einer alten, rostigen Gießkanne unterm Windfang lag immer ein zweiter Schlüssel zur Küche, und so trat sie durch die Hintertür ein. Sie wollte den Kuchen nur auf den Küchentisch stellen, damit Tobias ihn zur Vesper vorfände, bald war es ja soweit. Da hörte sie die Hündin winseln, ein anhaltendes, schmerzliches Winseln, wie wenn ein Tier den Tod um sich wittert. Deborah horchte beunruhigt, sie wollte den Hund rufen, aber sie hatte seinen Namen vergessen. Anna gab den Tieren immer so komische Namen, wie sollte ein Mensch die behalten. Immer noch den wärmenden Korb vor dem Bauch, trippelte sie ins Wohnzimmer. Weil sie nach der Hündin suchte, blieben ihre Augen am Boden haften, und dort, auf den Fliesen, entdeckte sie sie endlich auch. Onyx lag zu Füßen ihrer Herrin; sie rührte sich nicht, als Deborah kam, und hörte nicht auf zu klagen. Anna hatte ihre Reitstiefel an, sie waren ganz lehmig. Das Kaschmirplaid fiel in weichen Falten über ihre Beine. Deborah wunderte sich, daß Anna in einem so eleganten Rock ausgeritten war, aber die junge Frau hatte ja immer so ihre eigenen Ideen. Ihre Hände hingen weiß über die Sessellehnen herab. Die ovalen Nägel waren mattrosa lackiert. Als Théodore ihr Anna damals vorstellte, war ihr aufgefallen, was für feine, weiße Hände die junge Frau hatte, und auch, was für einen langen Hals. Anna hatte wirklich einen sehr langen, schmalen Hals, darum trug sie ihren Kopf mit besonderer Grazie. Deborah dagegen war ganz krumm, und ihre Hände waren von all der jahrzehntelangen Arbeit schwarz und schwielig geworden.

Sie schläft, dachte Deborah, während sie auf die reglosen Hände schaute. Die Blutflecke am Boden bemerkte sie nicht. Vorsichtig hob sie den Kuchen aus dem Korb und legte ihn der Schläferin auf den Schoß, wie ein Geschenk zu ihrem Erwachen. Aber als sie den noch warmen, duftenden Kuchen auf dem Kaschmir absetzte, sah sie, was aus Anna geworden war – oder vielmehr, was von ihr verschwunden war. Deborah schrie nicht: Beim Anblick der kopflosen jungen Frau, die da so still in ihrem Sessel vor dem Kamin saß, stockte ihr die Stimme. Sie brauchte eine Weile, bis sie sich fassen konnte. Zitternd streckte sie die Hand nach dem fehlenden Gesicht aus, zog sie aber schnell wieder an ihre Brust. Sie blickte umher, sah nun auch das Blut auf Annas Schultern, auf dem Sessel, am Fußboden. »Das war es also ...«, murmelte sie, indem sie sich zu der winselnden Hündin hinabbeugte, »du singst das Kaddisch auf deine Art, armes Tier ...« Das verwaiste Tier tat ihr leid – Anna nicht. Tote flößen kein Mitleid ein, nur Grauen, Lähmung, Andacht und Kummer.

Deborah verharrte eine Weile nachdenklich vor Anna, aber eigentlich liefen ihre Gedanken leer. Getrauert hatte sie in ihrem endlosen Leben um viele Angehörige, doch eine Leiche von ihnen hatte sie nie, oder so gut wie nie, gesehen. Immer wieder war der Tod um sie her mit beharrlicher, grausamer Ironie vorgegangen, jedesmal hatte er zugleich mit dem Atem auch den Körper, den ganzen Körper des Verstorbenen ausgelöscht. So waren fast alle ihre Nächsten ohne Totenfeier, ohne Begräbnis aus dieser Welt gegangen – verschwunden mit Leib und Seele. Ihre Mutter, ihr kleiner Bruder, ihre beiden Töchter und der eine Schwiegersohn, alle waren mit ihrem Tod unsichtbar geworden. Und dieser Fluch hatte sogar noch rückwärts gewirkt, denn der kleine Friedhof in dem fernen galizischen Dorf, wo ihre Vorfahren geruht hatten, war im letzten Weltkrieg geschändet und zerstört worden. Deborah war verdammt zu lebenslanger Trauer ohne jeden Anhalt.

Diesmal hatte der Räuber Tod seine Arbeit halb gemacht, nur den Kopf hatte er sich geholt. Deborah kam endlich zu sich aus ihrer eisigen Betäubung, sie ging ein Laken suchen, und als sie eins gefunden hatte, ein reinweißes, umhüllte sie damit die Leiche samt dem Sessel. Jetzt war die Tote nicht mehr so grausig, obwohl der verdeckte Sessel ein bißchen aussah wie ein ungetümes Gespenst. Deborah verhüllte auch die beiden Spiegel an den Wänden, zündete die Kerzen des Messingleuchters an, der auf dem Kaminbord stand, dann kauerte sie sich auf den Boden wie die Hündin und stimmte ihre Totenklage an. Onyx begleitete die Psalmodien der alten Frau mit ihrem unaufhörlichen Gewinsel, und bald gesellte sich als Generalbaß der Regen dazu.

*

Das Auto hielt vor dem Anwesen von Théodore Lebon. Der Kleine schlief noch. »Hier ist es«, sagte der Tramper. Behutsam, um ihn nicht zu wecken, hob er Tobias an und übergab ihn dem Fahrer. »Bleiben Sie mit dem Kind im Wagen, es dauert nicht lange, ich sehe nur nach, ob jemand da ist.« Er stieg aus, schloß leise den Schlag und trat in den Hof. Er klopfte an ein Fenster des Wohnraums. Plötzlich verstummte Onyx, sie reckte den Kopf und spitzte die Ohren. Deborah hatte das leichte Trommeln an der Scheibe nicht gehört, sie wurde aufmerksam, weil der Hund auf einmal still war. Auch sie schwieg, blickte in dieselbe Richtung wie das Tier und stand auf. Sie ging zum Fenster, zog den feingeblümten Vorhang beiseite und sah durch die Scheibe. Es hatte aufgehört zu regnen, ohne daß sie es gemerkt hatte, auf dem Hof glänzten große Pfützen, und das Laub funkelte silbriggrau.

Im Hof stand ein junger Mann – oder war es ein Mädchen, sie konnte es durch die nasse Scheibe nicht genau erkennen. Er neigte leicht die Stirn zum Gruß, sie tat das gleiche. Sie zog den Vorhang zu, durchmaß den Raum auf Zehenspitzen, um die Ruhe der Toten nicht zu stören, und ging durch die Küchentür hinaus. Der Hund folgte ihr. Sie bog um das Haus herum und kam in den Hof. Der Himmel spiegelte sich auf der nassen Erde, die Blumen leuchteten doppelt so farbig. Der Besucher trat freundlich auf sie zu und reichte ihr die Hand. Sein Händedruck war fest und warm, er hinterließ einen Schauer wie von Nässe und Sonne auf ihrer Haut, der ihr unmerklich durch alle Glieder rieselte. Wie ein Lächeln, das einem durch und durch geht. Deborah blinzelte, sie hatte ein Gesicht, blendend glitt es an ihren Augen vorüber, es kam aus ihrer Jugend und zeigte ihr ein schneeweißes Zicklein auf dem Meer. Eine kleine

27

Ziege auf einer wogenden, schaumigen Aue, und ihre durchscheinenden Flanken warfen eine Morgenhelle über die Wellen ringsum.

Der Besucher tippte ihr auf die Schulter, um sie in die Gegenwart zurückzurufen, dann erklärte er, weshalb er gekommen sei. Daß er den kleinen Jungen auf der Landstraße gefunden und hierhergebracht habe, daß er aber annehme, dieses Haus sei von einem Unglück getroffen, darum solle die alte Frau das Kind besser mit zu sich nach Hause nehmen. Deborah nickte, sie stellte keine Fragen, das Unglück hatte getroffen, wozu noch reden. Sie sagte nur: »Seine Mutter ist gestorben, ja, aber sie ist allein im Haus, man soll Tote nicht so lassen, ohne Gebet, daß keiner da ist und wacht.« Deborah sprach nach siebzig Jahren in diesem Land noch immer mit starkem Akzent und ging auch mit den Sätzen ein wenig grob um. Der junge Mann verstand, trotzdem überredete er sie, mit dem kleinen Jungen fortzugehen, er würde im Hof solange warten, bis der Vater käme. »Dann ist immerhin jemand hier, der bei ihr wacht«, sagte er, »wenn auch von draußen.« Deborah musterte ihn, sie fand ihn vertrauenswürdig und murmelte: »Gelobt sei der Richter der Wahrheit.« Sie ging die Küchentür abschließen, legte den Schlüssel wieder in die Gießkanne und kam zurück in den Hof. Der junge Mann führte sie zum Auto, weckte Tobias und überließ ihn Deborah. Er holte das Dreirad aus dem Kofferraum, gab es dem Kleinen. Der schwang sich sofort drauf und radelte in Gesellschaft der Urgroßmutter los, die Gründe seines Abenteuers hatte er schon vergessen.

Der Autofahrer wurde ungeduldig. »Kann ich Sie irgendwo absetzen?« fragte er verdrossen den Fremden. – »Danke, ich bleibe noch. Kümmern Sie sich nicht um mich. Und gute Weiterfahrt«, antwortete er. Der Fahrer beharrte nicht, er drehte sein Radio auf und brauste davon. Schließlich ging ihn diese Geschichte nichts an, er hatte schon genug Zeit verloren.

Der junge Mann stellte sich vor das Fenster des Wohnzimmers und schaute nach den Wolken, dem schlafenden Pfau an der Mauer, den Stockrosen. Die Hündin kauerte vor ihm und wartete mit erhobenem Kopf auf Liebkosungen. Der Fremde erregte bei ihr keine Feindseligkeit, keinen Argwohn, vielmehr wirkte seine Gegenwart beruhigend auf sie. Auf der anderen Seite der Hauswand thronte Anna gleich einem Gespenst; ihrem weißen Leichentuch entstieg ein Duft von Zucker und Zimt, der sich mit dem Geruch des getrockneten Blutes mischte.

Théodore kam erst abends zurück, über und über schlammbespritzt, mit zerrissenen Kleidern. Sein Blick war starr und leer, wie bei einem Blinden. Polizisten begleiteten ihn. Nach stundenlanger vergeblicher Suche hatte er sich entschlossen, die Polizei einzuschalten; er brauchte Unterstützung, jede Erdscholle im Moor sollte umgekehrt, jedes Gestrüpp durchkämmt, alle Kanäle, Gräben, Tümpel und Flüsse sollten durchforscht werden.

Der junge Mann kam ihm entgegen, aber Théodore nahm ihn weder wahr noch erfaßte er, was der ihm mitteilte. Er war nicht mehr vorhanden, nicht mehr in seinem Körper, nicht mehr auf der Erde, nicht in der Zeit. Er war ausgestoßen in Annas Tod. Er trieb in einer Hölle aus Verlust, Warten und Einsamkeit. Mit Annas Kopf hatte sich sein Verstand verloren. So war es der junge Mann, der die Polizisten informierte, wo das Kind sich befand und daß Deborah im Haus gewesen war, und als man ihm erlaubte zu gehen, schritt er langsam davon in die einbrechende Dunkelheit. Die Hündin lief ihm ein Stückchen nach, kehrte aber bald zum Haus zurück und begann wieder zu winseln.

*

Annas verstümmelte Leiche wurde autopsiert, eine Untersuchung darüber wurde eingeleitet, wie sie vermutlich zu Tode gekommen war. Man schloß auf einen Unfall, und der Unfallort wurde lokalisiert. Er lag unweit vom Anwesen der Lebons. Es handelte sich um eine Allee, die zu einem verfallenen, noch im Verfall anmutigen Wohnhaus führte. Das Dach war eingebrochen, in den Regenrinnen wuchs Gras, im Gebälk waren kleine Bäume gesprossen. Dieser Weg, den Anna mit Vorliebe im Galopp zurücklegte, war von dichten alten Bäumen überschattet, die niemand mehr auslichtete. Die einstigen Besitzer hatten ihre Allee mit einem Laubengang überwölbt und die gleichmäßig gesetzten Bögen mit Glyzinien berankt, die im Frühling üppige, blaßviolette Girlanden bildeten. Aber das war Vergangenheit, außer Deborah erinnerte sich niemand mehr an diese Doldengehänge, deren betörender Duft sich noch Jahre nach ihrem Verschwinden in der Allee gehalten haben soll. Eine Zeitlang hatte der Ort deshalb die »Liebeslaube« geheißen, denn der verwucherte, duftende Baldachin, den die Vögel mit Trillern und Gezwitscher erfüllten, war wie geschaffen für Liebespaare.

Als Anna an jenem Nachmittag hoch aufgerichtet durch den alten Laubengang gejagt war, verströmte er keine Glyziniendüfte mehr, aber er roch ebenso mächtig nach Erde, modriger Rinde, Moos und Farnen. Es herrschte eine Feuchtigkeit wie in einem Treibhaus.

Durchs Blättergewirr fielen da und dort Sonnenstrahlen; in den schrägen Lichtbahnen flirrte der blaugrüne Dämmer. Anna war berauscht von soviel Zauber – von ihrer Geschwindigkeit, von den Gerüchen des schweißnassen Pferdes, der feuchten Erde und der Pflanzen, von dem wechselnden Hell und Dunkel, dem Vogelgesang und den Sonnensprenkeln, die durch die Luft wirbelten, sich an ihre Wimpern hefteten und sie köstlich blendeten.

Und so, im Sinnentaumel und in übermütigem Galopp war Anna in den Tod gerast. Die Augen voller Sonne, hatte sie den Draht nicht gesehen, der zwischen zwei Bogenträgern quer über den Weg gespannt war. Ein Draht, der einst bei einem Fest bunte Lampions getragen hatte. Aber die Träger waren mit der Zeit immer tiefer in die Erde eingesunken, und die dünne Metallschnur, ehemals für fröhliche Lichter bestimmt, hatte sich in ein Fallbeil verwandelt. Sie schnitt der jagenden Reiterin den Kopf glatt vom Hals. Der Kopf flog auf und rollte zu Boden. Der jäh verkrümmte Körper haftete im Sattel, die Stute trabte weiter. Und als ihr keine Befehle mehr erteilt wurden, trat Obsidian gemächlich den Heimweg an, wie sie es von ihrer Herrin gewöhnt

31

war. Der Kopf blieb mitten im Laubengang auf einer Wange liegen, die Augen vor Verblüffung geweitet. In den Wimpern hingen keine Sonnensprenkel mehr, nur ein paar Lehmspritzer.

Aber der Kopf blieb verschwunden, und so gewissenhaft man jeden Quadratmeter Boden entlang der Allee und weitum auch durchforschte, er wurde nicht gefunden. Während die Unfallthese keinen Zweifel offenließ, weckte die Unauffindbarkeit des Kopfes eine Reihe Fragen und Mutmaßungen und nährte sonderbare Gerüchte. Die einen meinten, ein streunender Hund könne den blutigen Kopf verschleppt haben, um ihn irgendwo im verborgenen zu fressen, andere, daß ein großer Raubvogel ihn erbeutet und seinen Jungen zum Festschmaus vorgeworfen habe, was gar nicht so abwegig war. Abergläubische, sensationslüsterne Geister hingegen phantasierten von einem Unhold in den Sümpfen. Und das Gerede über den ungeklärten Fall nahm kein Ende.

Théodore ließ keine Hypothese gelten und wollte dieses Verschwinden nicht hinnehmen. Er erklärte das Grab, das den unvollständigen Körper seiner Frau aufnahm, für vorläufig und ließ keinen Stein aufstellen. So blieb es bei einem schlichten Erdhügel mit einem hölzernen Kreuz.

Annas Körper sollte nach Théodores Willen ganz in der Erde ruhen – ganz, wie er zur Welt gekommen war, wie er auf dieser Welt sechsunddreißig Jahre, sieben Monate und elf Tage gelebt hatte. Ganz und unvermindert in seiner Schönheit, so wie Théodore ihn vor zehn

Jahren auf einer Straße in Nantes, hell aus dichtem Nebel leuchtend, entdeckt hatte. Ganz und in Würde, wie er nach Gottes Ebenbild erschaffen und von seinem Geist belebt worden war. Und wie er sich erheben sollte am Tag der Auferstehung.

Théodore hatte sich mit dem Fluch nie abgefunden, der die Seinen seit mehreren Generationen heimsuchte, mit diesem Fluch, den seine Großmutter Deborah, die ihn als erste erlitt, mit schweigendem Gedenken trug, in hartnäckiger, stiller Auflehnung und inbrünstigem Stolz. Aber er hatte auch nicht Deborahs Leidensfähigkeit, ihren festen und reinen Glauben, so daß er, der bis dahin ein sanftmütiger, geduldiger Mensch, ein freundlicher Einzelgänger gewesen war, sich innerlich zu verwüsten und zu zerfressen begann. Immer hatte er den Lebenden Liebe und den Toten Ehrfurcht entgegengebracht, auf einmal war ihm nicht nur das Liebste unter den Lebenden geraubt, sondern im Tod auch noch schändlich verhöhnt worden. Dieser zwiefache Tod riß in ihm alte Wunden auf, machte ihm die Verluste seiner Kindheit und Jugend wieder lebendig. Und er wurde ein Schmerzensmann, ein Liebender in tödlichem Alleinsein, ein Gläubiger jenseits des Lebens und der Liebe, ein aus dem Licht Gefallener.

*

In der Nacht nach Annas Begräbnis erlitt Théodore einen Gehirnschlag. Weil er allein im Haus war, denn Tobias lebte seit dem Tod seiner Mutter bei Deborah, wurde er erst am nächsten Abend gefunden.

Als er nach langen Aufenthalten im Krankenhaus und danach in einem Sanatorium wiederkam, war er ein Wrack, sein halber Körper war gelähmt, und seine Haare, die vorher erst anfingen grau zu werden, waren weiß geworden. Gespenstisch weiß, wie seine Haut und sein Blick.

Deborah zog bei ihm ein, um Vater und Sohn zu versorgen, den Witwer und die Waise. Und wieder mußte sie auf dem Posten sein für die Ihren.

Deborah

Prüfst du mein Herz, suchst du mich heim in der Nacht
und erprobst mich, dann findest du an mir kein Unrecht.
Mein Mund verging sich nicht ...

Psalm XVII, 3.

Deborah kam von weit her in Raum und Zeit. Sie war vor dem Anbruch des Jahrhunderts in einem galizischen Dorf in Polen geboren und hatte, bis sie neunzehn war, in ihrem Schtetl an dem Flüßchen Lubaczówka gelebt. Aber dort herrschte große Not, und ihre Gemeinde wurde regelmäßig von schrecklichen Verfolgungen heimgesucht. Darum verließ sie eines Tages, nachdem ihr Vater gestorben war, mit ihrem jüngeren Bruder und ihrer Mutter das Dorf. Mit Sack und Pack machten sich die drei auf eine lange Reise. Wechselnde Züge brachten sie nach Hamburg, sie kampierten in Behelfsbaracken, zusammen mit vielen Hungerleidern ihrer Art, die von überall herbeigeströmt waren in der Hoffnung auf ein neues, besseres Leben jenseits des Ozeans.

Schon in Hamburg am Ende ihrer Kräfte, warteten Deborah und die Ihren noch über einen Monat, bis sie sich auf einem Dampfer nach Amerika einschiffen konnten.

Die Mutter verwahrte in ihrem Mieder einen Brief samt dem Umschlag, den hatte ihr ein Vetter, der drei Jahre früher aufgebrochen war, geschrieben, nachdem er den Tod des Vaters erfahren hatte. Er lud sie ein, nach New York zu kommen, wo er sich mit seiner Familie niedergelassen hatte. Dort sei alles möglich, schrieb er, wenn man verstehe die Ärmel aufzukrempeln, so wie Jakob in seinem Kampf mit dem Engel, die Freiheit, die sich einem biete, sei zugleich Herausforderung, Prüfung und Chance. Aber die Mutter wollte nicht fort, denn auswandern hieß die Toten verlassen, alle ihre Toten, die auf dem kleinen Friedhof abseits vom Dorf hinter einem Birkenwäldchen lagen. Wer würde ihre Gräber pflegen, wer über ihre Ruhe wachen, die immer aufs neue bedroht wurde durch die Gewalttäter, die von flammenden Haßtiraden verhetzt waren und nicht genug daran fanden, die Lebenden zu quälen, sondern so manchesmal sich auch gegen die Verstorbenen versündigten und ihre heilige Wohnstatt entweihten? Wer würde ihnen zu ihren Todestagen das Kaddisch singen und an ihren Grabsteinen die Gesänge anstimmen? Wer würde bei den Stelen Segnungen und Gebete niederlegen, die auf kleinen Zetteln geschrieben standen, um mit den Verblichenen Zwiesprache zu führen? Die Mutter war gottesfürchtig, furchtsam und abergläubisch. Schließlich aber gab sie mit niedergeschlagener Seele nach. Mordechai, ihr Jüngster, fünfzehn Jahre alt, hatte sie mit List und Beharrlichkeit überredet. Vor allem hatte er gedroht, er würde sich heimlich aufmachen und das Abenteuer allein wagen, wenn sie an der Lubaczówka bleiben wolle, um mit ihren Toten zu reden. Er wollte ein anderes Leben, ein richtiges Leben, und er träumte von nichts wie von dieser Neuen Welt, über die so Großartiges erzählt wurde, während ihr Stückchen Acker in der Alten Welt nur Tränen und sauren Schweiß brachte.

Vor die Wahl zwischen Lebenden und Toten gestellt, hatte sich die Mutter in die Auswanderung geschickt, um den Sohn nicht zu verlieren. Deborah hatte sich in die Auseinandersetzungen kaum eingemischt; sie war still und besonnen und erwog bei allem das Für und Wider. Sie liebte ihr Dorf, den Fluß und den wispernden Wind in den Birken, sie ehrte die Toten und achtete die Lebenden, ob Missetäter, ob Gerechte. Ihr Glauben war zugleich schlicht, allumfassend und streng, sie betrachtete die ganze Welt der Wesen und Dinge als Gottes Schöpfung und fand, daß auch das bescheidenste Teilchen dieser unendlichen und so geheimnisvollen Schöpfung sein Daseinsrecht hatte. Oft entsann sie sich der Worte Gottes an Kain, als der verbittert und zornig war, weil sein Opfer nicht angenommen wurde: »Warum überläuft es dich heiß, und warum senkt sich dein Blick? Nicht wahr, wenn du recht tust, darfst du aufblicken; wenn du nicht recht tust, lauert an der Tür die Sünde als Dämon. Auf dich hat er es abgesehen, doch du werde Herr über ihn!«

Also ließ sie den Kopf nicht hängen, sagte ihrer Heimat schweigend Lebewohl und hob zur Erinnerung einen kleinen Stein vom Ufer der Lubaczówka auf, den sie in ihr Taschentuch einknotete. Ein kleiner grauer Stein mit rosa und weißen Äderchen, der ihr ganzes Heimweh trug.

Endlich konnten sie an Bord gehen. Die Familie Rosenkranz fand Platz auf dem Deck dritter Klasse, wo es nach Dreck, Knoblauch, Schweiß und Erbrochenem stank. Mordechais strahlender Traum wurde zum Alptraum, als die Seekrankheit den jungen Abenteurer auf einen schimmligen Strohsack warf. Und sooft die Mutter auch die Amulette mit den Namen der Schutzengel an ihrer Brust betastete, wurde auch sie von dem furchtbaren Übel niedergestreckt. Nur Deborah hielt sich aufrecht. Doch so gräßlich dieses Leiden auch war, erwies es sich als noch gar nichts im Vergleich mit einer neuen Geißel. An Bord brach der Typhus aus, und binnen weniger Tage verwandelte sich die große schwimmende Elendshöhle in ein Sterbehaus. Mordechai bekam hohes Fieber, seine Haut überzog sich mit roten Flecken, und er delirierte. Die Mutter raffte sich von ihrer eigenen Seekrankheit auf, zog den Sohn von seinem stinkenden Stroh und bettete ihn in ihrem Schoß. Sie sang ihm Wiegenlieder und Psalmen, trocknete ihm Gesicht und Brust mit ihrem Umschlagtuch, bis es schon nichts mehr trocknete, so durchweicht war es. Mordechai hörte auf zu phantasieren und begann zu wimmern wie ein Wickelkind, immer leiser, bis er mit aufgerissenem Mund und verdrehten Augen verstummte.

Deborah schrie und fiel auf die Knie vor ihrer Mutter, die den steifen Körper noch immer wiegte und liebkoste, und weinte laut. Die Mutter stieß sie weg: »Bist du still, er schläft, weck ihn mir nicht.« – »Er wacht nicht mehr auf, nie mehr!« schluchzte Deborah. – »Sicher wacht er auf, er hat nur schlecht geträumt. Bald wacht er auf, zu Hause. Denn wir kehren heim. Das hier war alles ein böser Traum, alles. Aber jetzt ist es vorbei, und bei unserer Heimkehr feiern wir ein Fest, ein großes Fest zu unserem Erwachen ...« Deborah versuchte sie zur Vernunft zu bringen, vergeblich. »Was bist du dumm!« rief ihre Mutter, »siehst du nicht, daß dein Bruder von einem Dibbuk besessen ist? Auf Reisen ist man immer verwundbar, das nützen die bösen Geister. Aber ich passe auf, ich kenne die Gebete, die den Dibbuk vertreiben. Ich bin stärker als alle Dämonen und bösen Geister, ich weiß, wie ich mein Kind behüte.«

Männer von der Schiffsbesatzung, die das Schiff schnellstens von den Typhusopfern zu räumen hatten, kamen die Leiche holen. Die Mutter preßte den Sohn an ihre Brust und stieß Verwünschungen aus. »Verschwindet, böse Geister! Ich kenne euch, Diener des Dämons, nie und nimmer kriegt ihr meinen Sohn!« Und sie spie ihnen ins Gesicht. Die Männer waren Rohlinge. Sie machten nicht viel Federlesens, zumal sie die meisten Sprachen gar nicht verstanden, die auf dem Totenschiff gesprochen wurden. Sie packten und schubsten die zur Furie gewordene Pietà, daß sie umfiel, und schleppten die Leiche weg. Die Mutter kroch auf allen vieren und wühlte im Stroh. In ihrem Wahn glaubte sie, daß sie ihren kleinen Mordechai eben erst geboren und daß die Dämonin Lilith ihn ihr geraubt habe. Dann rannte sie in alle Richtungen, stieß die Leute beiseite, die in dieser riesigen Suhle zusammengepfercht waren, und heulte, Lilith solle ihr das Neugeborene wiedergeben. Deborah lief ihr nach, aber die Mutter sah und hörte sie nicht. Das Mädchen fühlte sich mittlerweile tatsächlich in einem bösen Traum gefangen; ihre so gottesfürchtige, immer so schamhafte Mutter schleuderte Worte hervor wie eine Besessene und rannte barhäuptig, mit fliegenden Haaren, halbnackt und schmutzbesudelt hin und her.

Nach langem Kampf mit Lilith kam die Mutter endlich zu sich – oder vielmehr kam sie zu einer Ahnung ihres Wahns; sie lief die Treppen hinauf, Deborah immer hinter ihr her. Sie kam auf dem Oberdeck in dem Moment an, als Mordechais Leiche ins Meer geworfen wurde. »Nein!« schrie sie, »ihr werdet das Licht meiner Seele nicht dem Leviathan zum Fraß vorwerfen!« Sie schwang sich über die Reeling und sprang ihrem Sohn nach in die Wellen, um es nun mit dem großen Meeresungeheuer aufzunehmen. Sie ging sofort unter. Deborah vollführte angesichts des hochgehenden Ozeans, ohne groß zu überlegen, was die Ihren seit jeher in der Trauer tun: Sie zerriß ihr Kleid, von der linken Schulter bis zur Taille, und sprach: »Gelobt sei der Richter der Wahrheit.«

Als sie an ihren Platz im Deck dritter Klasse zurückkehrte, war ihr sämtliches Gepäck gestohlen. Aber sie war so betäubt und benommen vor Schmerz, daß der Diebstahl sie nicht weiter berührte. Sie hatte genug damit zu tun, ihren Bruder und ihre Mutter zu beweinen, die der Ozean verschlungen hatte. Und sie weinte auch vor Heimweh, denn auf einmal ermaß sie ihren ganzen Verlust.

Sie vergoß so viele Tränen, daß ihre Augen, als das Schiff im New Yorker Hafen anlegte, ganz verschwollen und rot waren wie bei einem Albinokarnickel. Durch die schmerzenden Lider erblickte sie die Silhouette der Freiheitsstatue, und dieser Anblick, bei dem die anderen Passagiere vor Freude weinten und sangen und die Kinder wie Kreisel um die schweren Röcke ihrer Mütter tanzten, brach ihr das Herz. Die Fackel der Freiheit ragte wie ein riesiger Dolch in den blaßblauen Himmel, und der erhobene Arm der Statue zwischen Meer und Sonne, zwischen Schiff und Stadt zerschlug alle Hoffnung. Deborah dachte an Mordechai und an ihre Mutter, die in den Grabeswellen versunken und wohl schon von Fischen und Haien gefressen waren.

Hatten sie das Land ihrer Väter denn nur verlassen, um all diese Prüfungen und dieses Grauen zu durchleben und einen ebenso schrecklichen wie unreinen Tod zu erleiden ohne Ritual, ohne Begräbnis? Schlimmer noch – ein Begräbnis der Schande, denn waren ihr Bruder und ihre Mutter nicht im Meer versunken wie Sünden, wie die Krumen, die man zu Rosh Hashanah aus seinen Taschen fischt und in fließendes Wasser wirft, um sich von aller im Lauf des Jahres angehäuften Schuld zu reinigen? Jeden Herbst war Deborah mit ihrer Familie und den Leuten ihrer Gemeinde zur Lubaczówka gegangen und hatte ihre Handvoll Sünden in Form von Krumen und kleinen Steinen in den Fluß geworfen, indem sie Verse aus den Büchern der Propheten sprach und um die göttliche Vergebung bat.

Der abgerissene Fetzen ihrer Jacke flatterte an ihrer Brust, und ihr Herz war wie Eis, voll mit Gischt, Möwengeschrei und verhärteten Tränen. Die Sonne beschien die fernen Wolkenkratzer von Manhattan; die Glasfassaden schimmerten wie gewaltige Tafeln aus Quarz. Was sich dort erhob, das war keine Stadt, es war ein steiles Gebirge mit glatten, schillernden Wänden. War dies der von Jesaja verheißene Berg? »Der Herr der Heere wird auf diesem Berg für alle Völker ein Festmahl geben mit den feinsten Speisen, ein Gelage mit erlesenen Weinen, mit den besten und feinsten Speisen, mit besten, erlesenen Weinen. Er zerreißt auf diesem Berg die Hülle, die alle Nationen verhüllt, und die Decke, die alle Völker bedeckt.«

Aber ihr Blick verschwamm, das gläserne Gebirge schlingerte vor ihren brennenden Augen. Mordechai war von diesem Mahl auf ewig verstoßen, er, der sich so glühend gewünscht hatte, daran teilzuhaben. Ihrem Bruder, ihrer Mutter und ihr war nur ein Mahl aus Tränen und Schmerz bestimmt gewesen. Doch um nicht die schwerste der Sünden auf sich zu laden – die Sünde der Verzweiflung –, um gegen diese Welt, die sie niederschmetterte, und vor ihrem Gott, der sie über die Maßen prüfte, fromm gesinnt zu bleiben, wandte sie sich taumelnd gen Osten und murmelte die letzten Verse der Hymne des Jesaja: »Er beseitigt den Tod für immer. Gott, der Herr, wischt die Tränen ab von jedem Gesicht. Auf der ganzen Erde nimmt er von seinem Volk die Schande hinweg.« Sie murmelte diese Worte, indem sie die Fäuste gegen den Mund preßte, um das Weinen, das in ihrem Mund war, zurückzuhalten und es hinunterzuschlucken. Denn weinen, nein, das konnte sie nicht mehr, sie durfte es nicht mehr, sonst hätte sie ihr Leben ausgegossen, so ausgeweint war sie, und die Wasser der Sintflut hätten sie verschlungen, so sehr hatte das Unglück ihr Herz und ihren Verstand ausgezehrt, sie über die Grenzen der Zeit, zurück in die Mythen der Bibel vertrieben, das einzige Buch, das sie je gelesen hatte. Inmitten der freudetrunkenen Menge fühlte sich Deborah wie in die Zeiten Noahs und Hiobs versetzt.

Das Schiff ließ seine Herde am Fuß des schönen Glasgebirges mit den wie Spiegel glänzenden Flanken frei, aber die Herde durfte nicht aufbrechen zu den gläsernen Wänden, sie wurde neu gruppiert, etikettiert und mit einer Fähre auf die kleine Insel Ellis Island gebracht, wo ein großes ziegelrotes Gebäude mit vier Türmen stand, die kupferne Hauben trugen. Viele glaubten, es sei ein Schloß. Ein Zauberschloß, das sich aber für manchen als Kerker erweisen sollte.

Die Insel hätte Babel heißen sollen, denn man hörte dort alle Sprachen. Deborah, ohne Gepäck, ohne Familie, zog mit den anderen Einwanderern über Flure und Eisentreppen, ohne zu wissen, wohin es ging noch wann es endete. Ärzte führten die Aufsicht und untersuchten jeden Ankömmling. Sie hatten gleichgültige, argwöhnische Mienen und ein seltsames Gebaren: Sie warfen einen forschenden Blick in jedes Gesicht, betrachteten eingehend Hals, Ohren und Mund, vor allem aber die Augen und verdrehten die Lider mit einem Haken, um festzustellen, ob der Einwanderer nicht von einem Trachom befallen sei. Deborah hatte schon Argwohn erregt, bevor sie endlich vor einem Arzt anlangte, sie wurde sehr gründlich untersucht. Und das Urteil lautete: Sie durfte nicht nach Amerika einwandern, ihre für schwerwiegend erachtete Augenkrankheit verdammte sie, dahin zu gehen, wo sie hergekommen war. Sie durfte nicht einmal den Saal betreten, wo die Zugelassenen registriert wurden; sie war mit anderen Unerwünschten, Alten, Kranken, Behinderten, ausgesondert. Es gab niemanden, der für sie eintrat, der ihr half, der sie verteidigte. Sie war Ausschuß, der keinen kümmerte. Dabei wußte sie, daß sie gesunde Augen hatte, die nur von Gram und Erschöpfung rot und geschwollen waren. Sie versuchte aber auch nicht, für sich zu sprechen, ihren Fall zu erklären. Wozu? Sie kannte ja nicht mal die Adresse des Vetters in New York, vielleicht hatte der bei seiner Ankunft in der Neuen Welt sogar seinen Namen geändert, wie es viele machten, um sich schneller und unerkannt zu integrieren. Der Brief des Vetters war samt den Amuletten mit den Namen der Schutzengel im Ozean versunken. Es war ein Unheilsbrief gewesen, er hatte es verdient, in der Tiefe zu vermodern.

Sie hatte nichts, keine Familie, kein Zuhause, keine Habe, kein Geld, nicht einmal mehr eine Heimat. Sie war noch keine zwanzig, aber mit einer jahrtausendeschweren Vergangenheit beladen. Sie war ein Kind Abrahams und Moses, ein Sandkorn der judäischen Wüste, von den Winden des Exodus nach Galizien verweht und nun auf einem Inselchen, im Angesicht eines ebenso funkelnden wie unerreichbaren Gestades gestrandet. Sie hatte nichts als das Kleid, das sie am Leib trug, ihre zerrissene Jacke und ein großes Wolltuch. In der Tasche hatte sie noch einen kleinen grauen Stein mit rosa und weißen Äderchen. Und statt Augen hatte sie zwei Grüfte, worin die Tränen gewordenen Leiber ihrer Mutter und ihres kleinen Bruders ruhten.

Sie saß mit sehr geradem Rücken im Saal der Abgelehnten, mit erhobenem Kopf, aber das Herz ganz leer, ganz salzzerfressen. Sie erwartete nichts mehr – gar nichts, weder Tod noch Leben, und schon gar kein Wunder. Die Leere in ihr war so groß, daß nicht einmal schlimme Gefühle in ihr aufkommen und ihre Wirrnisse und Fallstricke auswerfen konnten. Eine so reine Leere, daß darin nur der unaussprechliche Name Gottes war.

Nach streng überwachtem Zwangsaufenthalt in einer Baracke von Ellis Island mußte sie ein Schiff nach Europa besteigen. Sie sah, wie die opalenen Wolkenkratzer in der Morgenröte versanken und wie die Freiheitsstatue schrumpfte, bis sie verschwand. Diese Statue – wie viele Frauen waren bei der Ankunft vor ihrem Anblick auf die Knie gefallen, hatten sich bekreuzigt und geschrien: »Madonna! Madonna!« –, sie war für Deborah jetzt nur noch ein unerbittlicher Wächter, und seine Fackel ohne Licht noch Wärme, drohte wie ein Schlaghammer niederzufallen auf dieses Treibgut von Alten, Kranken und Krüppeln, das die Neue Welt nicht haben wollte, um nicht beschmutzt und geschwächt zu werden. Ein riesenhafter Golem war sie, nicht aus Lehm, sondern aus Erz gemacht und von Menschen, die von ihrer elenden Herkunft nichts mehr wissen wollten, die sogar leugneten, daß es dieses Elend gab. Der Golem der Gesundheit, der Lebenskraft und des Erfolgs hatte die Waise mit den Gruftaugen, die Verwandte Noahs und Hiobs, nicht eingelassen und zurückgestoßen aufs Meer.

Lange stand Deborah in ihrem alten Wolltuch am Heck. Sie schaute hinab auf die breite, immergleiche Furche des Kielwassers – ein milchiges Gebrodel, und darin war zu lesen, wie wenig der Ozean sich scherte um Geschichte und wie die Zeit unentwegt fabelte von Vergessen und Neuanfang.

Und langsam heilten ihre Augen. Der Seewind reinigte sie, bis sie blanker waren als der kleine Stein in ihrer Tasche.

In der neunten Nacht dieser Rückreise hatte sie einen Traum, was ihr seit Monaten nicht geschehen war. Ihr erschien eine kleine Ziege mit Namen Mejdele, die ihr unter allen Ziegen, die es auf ihrem Hof in Galizien gegeben hatte, die liebste gewesen war. Sie trippelte übers Wasser, hielt bald hier inne, bald dort, schlürfte Luft ein oder schleckte ein bißchen Schaum. Die hohe Dünung brachte sie nicht aus dem Gleichgewicht und näßte auch nicht ihr schneeweißes Fell. Sie stakste und hüpfte, aber nichts lenkte sie ab von dem unsichtbaren Weg, dem sie auf der riesigen Wasserwiese folgte. Dann legte sie sich mit untergeschlagenen Klauen nieder, reckte den Hals und hob wie lauschend den Kopf.

Ganz still lag Mejdele, ganz gespannt. Ihre Augen glänzten wie die Lichter, die man zum Gedenken der Toten entzündet, und der Ozean spiegelte den goldenen Schein. Und ein Singen war in der Tiefe. Die Augen des Zickleins weiteten sich, ihre Lichter wurden immer glänzender, und dieser Glanz warf ringsum sanfte Morgenhelle. Da entstieg der Gesang herrlich und klagend dem Wasser, und es war die Stimme von Deborahs Vater, dem Kantor Yoshe Rosenkranz. Es war die Stimme der Kindheit, der Sabbate und Feste, die Stimme des lebendigen Menschen in seiner Glorie, des sterblichen Menschen in seiner Verletzlichkeit, seinem Glaubenswahn, seiner Hoffnung und seiner Liebe. Es war der heimliche Chor der Erde, der aus Mejdeles Flanken, aus Deborahs Blut aufbrandete in die Nacht.

Sie erwachte, vielmehr erhob sie sich, halb weiterträumend. Sie ging hinauf zum Heck. Das Wasser schäumte weißlich im Halbdunkel. Das Zicklein war Schaum, seine Augen stirnten den Himmel, und die Stimme des Vaters wiegte die Toten ohne Begräbnis. Der Gesang des Yoshe Rosenkranz kreiste über einer Stelle im Ozean wie ein Vogel. Deborah spürte, daß es die Stelle war, wo ihr Bruder und ihre Mutter versunken waren. Sie hatte keine Kerze, kein Zündholz. Da riß sie das zerfetzte Stück ihrer Jacke ab und warf es mit einem Segensspruch über Bord. Das Stückchen Stoff schien einen Augenblick zu lodern. Langsam verschwamm Mejdeles Bild und verstummte der Gesang. Aber über das Wasser breitete sich etwas wie ein Lächeln.

Am nächsten Tag sprach sie ein junger Mann an, der genauso zerlumpt war wie sie. Er hatte den Wagemut der Schüchternen und den sonderbaren Scharfblick der Unschuld. Er war Pole; aber Deborah sprach seine Sprache ebensogut wie das Jiddische. Seine Augen waren wie Monde, blaßblau, fast durchsichtig, was ihm etwas Strahlendes, Reines verlieh, so ausgezehrt und erschöpft seine Züge auch waren. Wegen dieses mondhaften Ausdrucks und wegen seiner bis aufs Blut zerbissenen Fingernägel war er von der Neuen Welt abgelehnt worden. Man hatte ihn für leicht schwachsinnig befunden. Er hatte sich ebensowenig wie Deborah verteidigen und beweisen können, daß er geistig gesund sei; er war nur besonders scheu und empfindsam.

Es kostete ihn also große Überwindung, Deborah zu sagen, daß er gesehen habe, wie sie letzte Nacht zum

Heck ging und sich übers Meer beugte. Zuerst habe er gedacht, sie wolle sich ertränken – er selbst habe schon öfter gegen diese Versuchung ankämpfen müssen, seit er auf Ellis Island eingesperrt war und von dort zurückgeschickt wurde –, und er habe sich zu ihr hingeschlichen, um sie zurückzuhalten. Aber dann sei ihm gewesen, als ob das Meer singe und als ob ein Lächeln übers Wasser gehe. Und für »das da« wolle er ihr danken. Nur danken.

Deborah hörte ihm schweigend zu und zerrte mit den Händen ihr Tuch zusammen, damit man ihre zerfetzte Jacke nicht sähe. Und er blieb vor ihr stehen und starrte sie an aus seinen runden Augen. Daß sie nichts sagte, störte ihn nicht. So blieben sie Stunden voreinander stehen und sahen sich dann und wann an, nicht aus Verliebtheit, sondern weil sie beide gleichermaßen erschöpft, allein und verloren waren. Sie sahen sich an ohne Neugier oder Berechnung und ohne Erwartung, der Blick des einen schaute durch Gesicht und Körper des anderen wie durch eine Glasscheibe. Sie standen einer vor dem anderen, wie sie monatelang vor Himmel und Meer gestanden hatten.

An jenem Tag passierte weiter nichts, als daß sie sich wieder und wieder ansahen und daß ihnen beiden darüber leichter ums Herz wurde. In den folgenden Tagen trafen sie sich immer aufs neue. Sie lehnten sich nebeneinander an die Reling, schauten aufs Meer, und die Zeit stand still; sie redeten nicht. Manchmal legte er seine Hand auf die von Deborah; aber er liebkoste ihre Hand nicht, drückte sie nicht, er versicherte sich nur, daß sie da war. Manchmal seufzte er auch, als sei eine Tröstung nahe, oder er lächelte in die Weite.

Am Tag vor der Landung brach der junge Mann das Schweigen. »Und was ist morgen?« fragte er. – »Nichts«, sagte Deborah. Und sie dachte: Auf dem Meer haben wir alles verloren, wir sind Schiffbrüchige. An Land werden wir es genauso sein und immer bleiben. Er sagte: »Ich kann nicht mal mehr zurück nach Polen, ich habe dort nichts mehr, das wenige, was ich hatte, habe ich verkauft für die Auswanderung.« – »Ich habe auch nichts mehr dort, auch keine Familie«, sagte Deborah. Er überlegte, dann sagte er: »Also, gehen wir woandershin!« so als meine er ein Land und damit es klar wäre, daß sie zusammen gingen.

Und wirklich zogen sie miteinander von Ort zu Ort. Zuerst waren sie eine Zeit in Deutschland, er als Hafenarbeiter, sie als Näherin. In Bremen wurde ihre erste Tochter, Rosa, geboren. Dann kamen sie nach Frankreich und versuchten, sich in Paris über Wasser zu halten. Aber das Leben in der Großstadt war hart, und sie sehnten sich nach Feldern, Wald und Fluß. Eines Tages hörten sie von einer Region, wo Saisonarbeiter gebraucht würden, und machten sich auf den Weg. So kamen sie ins poitevinische Moor, wo unter der Torfschicht eine graublaue Erde, vollgesogen mit Wasser und ozeanischem Gedächtnis, lag. Um diese tiefliegende Tonerde abzubauen, sie ihrem urzeitlichen Schlummer zu entreißen und damit die Ziegeleien der Umgebung zu beliefern, war der junge Mann mit den Mondaugen hergekommen. Die Arbeit war schwer, und die Armut klebte an ihren Tagen ebenso zäh wie der Lehm an ihren Sohlen. Aber sie klagten nicht, sie waren trotz allem froh; in diesem Woanders hatten die Mäander des Schicksals aufgehört, sie zu verfolgen. Deborah brachte ihre zweite Tochter zur Welt, Wioletta.

Am Anfang war man ihnen, wie Fremden immer, voll Mißtrauen begegnet, vor allem ihr, weil sie nie zum Abendmahl ging oder sich bekreuzigte, wenn sie zur Messe kam. Das gab Gerede, und dann sprachen beide die Sprache ihres Gastlandes nur gebrochen. Aber nach und nach wurden sie heimisch, man gewöhnte sich an sie, an ihre Ausdrucksweise und ihren Akzent, an ihre manchmal befremdliche Art. Sehr beliebt waren ihre kleinen Mädchen mit den Blumennamen, die Jüngste war schon im Dorf geboren. Sie waren stille Leute, arbeitsam, hilfsbereit und hatten einen offenen Blick. So wurden sie schließlich als Gleiche angenommen an der langen Tafel der gemeinsamen Armut.

Deborah legte ihren Glauben nicht ab. Zur Sonntagsmesse ging sie mit, weil sie bei ihrem Mann sein wollte, wenn er in »seiner Schul« war, wie sie es nannte. Sie wußte, er war glücklich, daß sie dabei war, schweigend und andächtig, wie er sie zum erstenmal gesehen hatte, als sie vom Heck des Schiffes aufs Meer schaute und in Wind und Gischt sich dem Mysterium des Schicksals stellte. Sie setzte sich in der Kirche immer nach hinten, auf eine der letzten Bänke, und ihr Blick ging durch das weite Schiff, ohne an irgend etwas zu haften, nicht an den Bildwerken, den Votivtafeln oder den vielen Kerzen, nicht an den Gläubigen, nicht mal am Pfarrer. Ihr Blick war auf die Lichtstrahlen gerichtet, die durch die Glasfenster brachen. Und in ihrem Innern erklangen die Gesänge der Ihren, die Stimmen ihrer Kindheit und Jugend, althergebracht und wunderbar.

Diese Gesänge stimmte sie einmal in der Woche an, am Freitagabend, wenn sie in ihrer Stube zwei Kerzen entzündete und dabei den alten Segen sprach, dann die Hände auf die Köpfe ihrer Töchter legte und sagte: »Gebe Gott, daß du wirst wie Sarah, Rebekka, Rachel und Leah.« Sie erfüllte die Rolle, die normalerweise dem Familienvater oblag – sie erfüllte alle Rollen, die einer Gemeinde, die einer Wahrerin der Glaubenstradition, und errichtete in der Dunkelheit, mitten im dunstigen Moor, eine unsichtbare Synagoge. Mit ihrer dünnen Stimme, die aber dann wärmer und weicher klang, sang sie die Willkommenshymne an die Engel des Sabbat. Wenn die Mutter das *Schalom alechem* sang, sagten die kleinen Mädchen untereinander: »Mama hat wieder ihre Kerzenstimme«, und ihr Mann dachte, sie singt wie eine Heilige. Er nahm an der Zeremonie als stummer Zeuge teil, ein bißchen scheu, aber sehr ergriffen. Er schaute auf seine Frau, sah ihre Hände von den Flammen zu ihrem Gesicht gehen, das sie manchmal verhüllten, vom Licht zu dem Brot auf dem Tisch, das mit einem weißen Tuch bedeckt war, und von dem Brot zu ihren Töchtern. Und er fühlte an solchen Abenden, daß von der Helle, in der sich Deborahs Hände bewegten, von den Kerzenflammen und von ihrem ernsten Gesang etwas ausging wie jenes Lächeln in einer lange zurückliegenden Nacht auf dem Meer.

Und er grub sich in die Erde und schürfte Ton, wie andere Gold schürften im fernen Amerika, wo sie ihn nicht haben wollten. Er liebte diese fette, bläuliche Erde, die nachher im Feuer hart und tiefrot wurde. Es gefiel ihm im Moorland, wo die vier Elemente so einträchtig zusammenwirkten.

Eines Tages aber wurde er ausgeschickt, die Erde an einem sehr anderen Ort aufzugraben, wo die Elemente den Menschen und die Menschen einander feind waren, wo es nicht Freitag, nicht Sonntag gab und kein Unterschied war zwischen Tag und Nacht. Und wo die Erde der Schützengräben nur rot wurde von Menschenblut.

Bevor er an die Front mußte, nahm er ein Kettchen mit einem Medaillonbild der Madonna von seinem Hals und gab es Deborah. »Möge sie dich beschützen, dich und die Kinder, wenn ich nicht da bin«, sagte er. Deborah traute sich nicht zu sagen, daß er selber einen Schutz bitter nötig hätte, nur wußte sie aus Erfahrung, daß kein Talisman vor Unglück und Tod bewahrt. Schweigend nahm sie das Medaillon; sie konnte ihm nichts anderes dafür geben als Worte, armselige Worte, aber voller Liebe und Hoffen auf seine Heimkehr.

Die Erde, durch die er stapfen und kriechen mußte, war kein schöner, bläulichgrauer Ton, sie war schlammig und stank nach Menschenfleisch. Es waren die letzten Monate des Krieges, aber ein Krieg frißt Soldaten bis zuletzt. Wenige Tage vor dem Waffenstillstand wurde der junge Mann mit den Mondaugen von einer Granate zerfetzt, sein Körper versank im Schlamm. Wieder trat in Deborahs Leben ein Tod ohne Leiche, ohne Begräbnis.

Sein Name wurde auf das Denkmal der Gemeinde für die Gefallenen geschrieben, zwischen Roncel Émile und

Ruchier Albert. Sein klangvoller Name, Bolesław Rozmaryn. Er war neunundzwanzig.

Bei der Nachricht, daß Bolesław tot war, weinte Deborah
nicht. Seit Ellis Island hatte sie keine Tränen mehr, nicht
weil deren Quelle versiegt war, aber sie kamen einfach
nicht mehr bis in ihre Augen. Sie zerriß ihr Kleid vom
Hals bis zur Brust. Das Schreien, Weinen und Klagen
übernahmen ihre Hände. Am Fußboden ihrer Witwen-
kammer sprach sie mit tonloser Stimme das Kaddisch.
   Der Krieg war genauso ruchlos und räuberisch wie der
Ozean, er gab seine Toten nicht wieder heraus. Deborah
nahm das Medaillon von Bolesław, rieb das kleine Ma-
donnenbild blank und hüllte es in ein Tuch. Sie legte es
in einen Tontopf, sprach die Totengebete und begrub es
in einem geschützten Winkel ihres Gartens. So versuchte sie das böse Los zu beschwören, das Bolko getroffen hatte – so nannte sie Bolesław immer –, denn sie
dachte an die Thoraworte, nach denen es ein Fluch war,
wenn ein menschlicher Leichnam »allen Vögeln des
Himmels und allen Tieren der Erde zum Fraß diene,
ohne daß jemand es ihnen verwehrt.«
   An dem Ersatzgrab konnten auch die kleinen Mädchen, jetzt neun und vier Jahre alt, ihren Kummer stillen, und sie vollführten komische Zeremonien, in denen
sie die Gebärden sowohl des Pfarrers wie ihrer Mutter
nachahmten und dazu einen Mischmasch aus lateini-
schen, jiddischen und hebräischen Formeln, aus Franzö-
sisch, Polnisch und heimischem Dialekt sprachen. Immerhin war ihr Kauderwelsch weniger unverständlich
als der Tod.

Deborah hielt Bolko die Treue, wie sie es ihm versprochen hatte, bevor er an die Front ging. Ihre Liebe war sich gleich geblieben wie der Ozean, auf den sie bei ihrer Irrfahrt zwischen den zwei Welten so lange Seite an Seite geschaut hatten. Sie blieb ihm treu nicht aus Pflichtbewußtsein, sondern weil sie vor allem sich selber treu blieb, ihrem geläuterten Verständnis der Zeit, des Schicksals und Gottes, das Bolko in seiner Reinheit, trotz aller Unterschiede, die sie hätten trennen können, unmittelbar begriffen hatte. Und wie versprochen, wartete sie auf ihn.

Nicht daß Deborah sich Illusionen machte, nie erhoffte sie sich Bolkos wunderbare Wiederkehr. Sie wartete jenseits von Hoffen und Wünschen, ohne Ungeduld, daß sie an die Reihe käme, vor dem Gott mit dem unaussprechlichen Namen zu erscheinen, der »den Tod auf ewig verschlingen« wird, daß sie an die Reihe käme, auf die andere Seite der so aufgewühlten, grausamen und heillosen Welt zu gehen. Und in der Zwischenzeit, die sehr lang währen sollte, arbeitete sie emsig, erfüllte ihre weltlichen und geistlichen Pflichten und wachte, daß die Sünde, die hinterm Unglück lauert wie ein gieriges Raubtier und sich auf jede unachtsame oder verzweifelte Seele stürzt, nicht über ihre Schwelle käme.

Im Gedenken an Bolko ging sie weiter jeden Sonntag zur Kirche, aber ohne daß sie nun sein Gebaren übernahm, sondern steif wie eine Statue – wie eine Galionsfigur vielmehr, die die Wogen spaltet, sich vom Wasser schaukeln, von den Wellen peitschen und ins Unbekannte tragen läßt. Eine Galionsfigur am Bug eines verlassenen Schiffes, das dem Schiffbruch widersteht. Ihr

Blick verfolgte seine Wanderung ins Anderswo, ins Nirgendwo. Manchmal aber hielt sie einen Augenblick inne bei dem Bild des Lammes am Altar. Dann dachte sie an Mejdele, das Zicklein ihrer Kindheit, das sich auf den dunklen Wassern des Atlantik in einen Schutzengel verwandelt hatte. Ob Lamm, ob Zicklein, von ihrer hohen Verwundbarkeit ging die gleiche ergreifende Macht aus; dieser so zarte Leib konnte einen wunderbaren Gesang hervorbringen, und die immer ängstlichen Augen ein erlösendes Lächeln. Wenn die Gemeinde das *Agnus Dei* anstimmte, rief Deborah mit geschlossenem Mund den Namen Mejdele, dem sie die Namen all ihrer Toten in schmerzlicher Litanei anfügte.

Ein Krieg ist nie ganz vorbei, auch nach dem Brand sät er neue Zwietracht, Angst und Not. Ab 1920 kamen Flüchtlinge aus mehreren Ländern, die einen Ort abseits der Krisen des Jahrhunderts suchten und wo sie Arbeit fänden, sei sie auch noch so schwer. Genauso wie es Bolko und Deborah einige Jahre früher gemacht hatten.

Das ebene Moorland, wo Erde und Wasser seit Jahrtausenden eng verwoben waren, lag am Rand der Stürme, und die Ziegeleien dort hatten immer Bedarf an Arbeitskräften. Wieder kamen Polen, Tschechen, auch ein paar Italiener und eines Tages sogar ein Chinese. Die meisten zogen nach einer gewissen Zeit weiter, andere blieben, gründeten Familien und schlugen neue Wurzeln.

Deborahs Töchter wuchsen heran. Die Phantasien der Kinderjahre verloren sich, neue Feuer brüteten in ihren jungen Körpern. Sie vollführten keine komischen Gedenkriten mehr im Garten vor dem imaginären Grab ihres Vaters. Die Erinnerung an ihn war in ihrem Gedächtnis erstarrt wie sein Name auf dem Gefallenendenkmal. Sie vermischten die Sprachen nicht mehr zum verrückten Kauderwelsch, sie trafen ihre Wahl. Rosa entschied sich außer fürs Französische für Jiddisch; sie träumte davon, mit ihrer Mutter ins »Jiddischland«, wie sie es nannte, zu gehen und den abgerissenen Faden ihrer Ursprünge neu zu knüpfen, die Linie der Familie Rosenkranz wieder zu beleben. Wioletta, die Violette genannt werden wollte, entschied sich ganz für die Sprache des Landes, in dem sie geboren war und lebte.

Aber die Launen der Liebe sind oft voller Ironie. Mit Siebzehn verliebte sich Rosa in einen einheimischen Burschen mit Namen Xandre Lebon. Sie vergaß ihre Träume vom Jiddischland, und anstatt die Quellen der Familie Rosenkranz zu suchen, ging sie in den Wassern des Moores auf. Im dritten Monat schwanger, gab sie ihren Namen Rozmaryn für den Namen Lebon und heiratete Xandre.

Dann kam Violette an die Reihe. Bei ihr ging nichts ab ohne Überschwang, sie verliebte sich leidenschaftlich in einen jungen polnischen Einwanderer, und auf einmal wollte sie nur noch Wioletka heißen.

Gerüchte drangen bis ins Moor. Sie kamen von Osten wie ein Wind, der von Tag zu Tag düsterer und gewalttätiger wird. Ein Wind des Hasses und der Greuel, der von Deutschland aus brüllend durch ganz Europa fegte, brach über Länder, Städte und Dörfer herein, walzte die Grenzen nieder und zermalmte Leben zu Tausenden wie Grashalme, bald waren es Millionen. Wie wertlos, nein, schädlich erachtete Grashalme, schlimmer noch – Unkraut, das von der Erde getilgt werden mußte. Der Wind pfiff und wühlte, wühlte überall, auch jenseits des deutschen Bodens, um die Schädlingssaat zu brechen und auszurotten.

Es war nicht nur Heimweh, was die aus Böhmen oder Polen stammenden Arbeiter umtrieb, es waren Zorn, Schmerz, Empörung und der Drang, etwas dagegen zu tun. Manche entschlossen sich, in ihr Land zurückzukehren, wie gefährlich dies auch war und wie teuer es sie auch zu stehen kommen mochte. Zu ihnen gehörte Sambor, Wiolettas Verlobter. »Auch ich bin Polin«, besann sich die leidenschaftliche Wioletta Rozmaryn. Und eines Tages packte sie ihre Siebensachen, kniete vor dem kleinen Tontopfgrab ihres Vaters nieder, sagte Deborah Lebewohl und ihrer Schwester Rosa, die schon zwei Kinder hatte, Valentine und Théodore, und zog mit Sambor davon, die Nazis aus Polen zu verjagen.

Théodore, der damals zehn Jahre alt war, behielt das Bild auf immer im Gedächtnis, wie seine Tante an der Seite von Sambor eines Frühlingsmorgens auf der Landstraße davonging. Es war, als tanzten ihre Schatten am Boden zwischen den Laubschatten. Sie gingen Hand in Hand, in einem dunstigen Wechsel aus Dunkel und rosigem Licht unter dem Gewölbe der Allee. Wioletka drehte sich mehrmals um und winkte mit ihrem Taschentuch, das immer kleiner wurde und zuletzt hinter einer Wegbiege verschwand. Rosa weinte auf. »Gehen sie weit weg?« fragte Théodore. – »Sehr weit«, antwortete sie mit erstickter Stimme. Und das war um so weiter, als die Grenzen geschlossen waren und das junge Paar weite

Umwege vor sich hatte. Der Junge rannte die leere Straße entlang und schrie den Namen seiner Tante. Sie sollte zurückkommen oder aber ihn mit sich nehmen. Er liebte sie so sehr, er faßte es einfach nicht, wie sie auf einmal so weit fortgehen und ihn im Stich lassen konnte. Sie war für ihn mehr als eine Tante, sie war eine Fee, die ihn mit Lachen, Märchen und Liedern beschenkte, ein Lichtwesen des Moorlands. Auf sein Rufen aber antworteten nur die Vögel mit fröhlichem Gezwitscher. Die Gleichgültigkeit der Natur gegen seinen Schmerz verstörte ihn, und mit einem Schlag fühlte er sich aus dem Zauberreich der Kindheit vertrieben.

Sie warteten auf Nachricht. Das Warten dauerte Wochen, Monate, Jahre, keine Nachricht kam. Nur der Krieg ging weiter und schickte seine feldgrauen Knechte bis in die Region. Deborah durchlebte diese Zeit, wie sie alles durchlebt hatte, mit erhobenem Kopf, den Blick ins Unsichtbare gerichtet, geizig mit Worten und das Herz voll ungeweinter Tränen. Und in Ungeduld und Ängsten spannte sie ihre Fühler aus, wartete auf einen Brief von Wioletka, auf ihre Rückkehr. Jeden Freitag sprach sie leise, mit erhobenen Händen den Sabbatsegen über ihre vermißte Tochter. »Gebe Gott, daß du wirst wie Sarah, Rebekka, Rachel und Leah.«

Sie wußte nicht, daß ihre kleine Wioletka schon seit Jahren keinem Vorbild mehr ebenbürtig werden konnte, so wie Millionen anderer Frauen, Männer und Kinder. Sie wußte nicht, daß ihre Jüngste durch einen Genickschuß getötet worden war, ebenso wie Sambor und andere Partisanen bald nach ihrer Ankunft im besetzten

Polen, und daß ihre Gebeine verscharrt lagen in einem Massengrab in einem Wald bei Kielce. Sie erfuhr übrigens nie, auch später nicht, was genau geschehen war, wo, wann und wie ihre Tochter den Tod gefunden hatte. Sie wußte nur, daß ihr Kind tot war; das wurde ihr eines Tages, nachdem es lange in ihr gebrütet hatte, ohne daß sie es sich zu gestehen wagte, zur unabweislichen Gewißheit.

Nicht nur der Fluch, daß alle ihre Angehörigen starben, ohne daß sie ein Grab von ihnen hatte, hielt an, diesmal hatte der Tod auch noch das Datum verhehlt, und das Gedenken hatte nicht einmal einen bestimmten Tag.

Eines Morgens kam Rosa zu ihrer Mutter, die eine Hand geschlossen über ihrem Herzen. »Mach deine Hand auf«, sagte sie und legte Deborah eine kleine weiße Perle hinein. »Es ist ein Milchzahn von Wioletka«, sagte sie, »ihr letzter. Sie hat ihn mir damals als Glücksbringer geschenkt. Begrab ihn bei dem Medaillon.« Und Deborah bestattete den Milchzahn in dem Tontopf, der von dichtem Gras überwachsen war. Théodore glaubte trotzdem weiter, daß seine Tante heimkehren werde; vor seinen Augen flatterte noch immer das kleine weiße Taschentuch der Fee Wioletka wie ein Versprechen, eine Verheißung.

Daß ihre Schwester und Sambor verschollen, das ganze Jiddischland vernichtet waren, lastete auf Rosa mit wachsender Schwermut. Aus der Traum, mit ihrer Mutter ins Land des Kantors Yoshe Rosenkranz zu reisen, denn das Land existierte nicht mehr, seine Bewohner

waren fast alle ausgelöscht, und die wenigen Überleben-
den waren geflohen. Sie beklagte, daß sie nicht zusammen mit ihrer Schwester hingegangen und mit ihr gestorben war – daß sie nicht das Schicksal all der Ihren
geteilt hatte.

Mann und Kinder konnten sie nicht mehr auf dem Boden der Wirklichkeit halten; nach und nach verlor sie den
Appetit, den Schlaf und jeglichen Wunsch. Sie blieb ganze
Tage auf einem Stuhl hocken. Sie wußte nicht mehr, wer
sie war, Jüdin, Polin, Französin, Moorländerin oder Ka-
tholikin? Sie fühlte sich ganz verwaist, ohne Vater, ohne
Schwester, ohne Heimat, Vergangenheit, Glauben und
Wurzeln. Verwaist ohne Gott, der im Jiddischland untergegangen war, und nicht auf einmal, sondern mehrere
Millionen mal in allen Lagern und Gräben Deutschlands
und anderswo. Rosas Gedanken glichen den zerbombten
Städten, die sie auf Fotos gesehen hatte – Unkraut zwischen Ruinen.

Eines Nachts verließ sie unbemerkt das Haus, sie
hatte keine Schuhe, keinen Mantel angezogen. Auf dem
Küchentisch hinterließ sie eine Haarsträhne und ein
Stück Papier. Auf dem Papier stand: »Im Tontopf begraben.« Rosa wurde nie gefunden.

Deborah bestattete die Haarsträhne bei dem Medaillon und dem Milchzahn. Ihr Mann, ihre beiden Töchter,
alle drei waren versunken in Schatten und Schlamm. Was
von ihnen übrig war – kleine Andenken –, das lag in
einem Gefäß, das so etwas wie ein Familiengrab sein
wollte.

Mit diesem Tag hörte Deborah auf, zur Messe zu gehen. In die Kirche ging sie nur noch manchmal, wenn sie

leer war. Dann trat sie vor den Altar und schaute auf das Lamm. Sie starrte es an mit trockenen Augen, bis das Lamm sich in ein Zicklein verwandelte, bis es sprang und den schimmernden goldenen Blick annahm und das Lächeln von Mejdele. Dieses Lächeln allein konnte die Last der Tränen erleichtern, die sich in ihr angesammelt hatten und die ihren Leib durchsetzten wie das Ozeanwasser den graublauen Ton unter der Torferde. Tränen von der Lubaczówka, vom Atlantik, von den Kanälen des Moors. Sie brauchte dieses sanft glühende Lächeln, es mußte ihr helfen, die Schwere und Bitterkeit der Klagen aufzuwiegen, mit denen sie sich trug. Und auf dem Weg zu ihrem nun leeren Haus summte sie ein Lied: »Zu ken men aroifgeyn in himel arayin/ Un fregn bay got zu's darf asoy sayn? – Kann man hinaufgehen in den Himmel hinein/ und Gott fragen: Darf so was sein?«

Der Gelähmte

Tu also mit mir, was dir gefällt.
Laß meinen Geist von mir scheiden;
laß mich sterben und zu Staub werden!
Es ist besser für mich, tot zu sein als zu leben.
Denn ungerechte Vorwürfe mußte ich an-
hören, und ich bin sehr betrübt. Laß mich
jetzt aus meiner Not zur ewigen Ruhestatt
gelangen! Wende deine Augen nicht von mir
ab!

Das Buch Tobit, III, 6.

Die alte Deborah quartierte sich also in Théodores Haus ein und zog Tobias groß. Théodores Schwester, Valentine, konnte dem Bruder keine Hilfe sein oder sich um den Neffen kümmern, obwohl sie ganz in ihrer Nähe wohnte. Sie lebte mit ihrem Mann, Arthur Lambrouste, in einem kleinen Haus auf dem Gelände einer stillgelegten Ziegelei. Das Dach war fahlrot, die Mauern blendendweiß, Arthur hatte die Ziegel verputzt, damit sein Haus zwischen den Ruinen der Fabrik nicht so ärmlich aussähe. Aber winzig blieb es inmitten der beiden großen Gebäude: Zur einen Seite der Brennofen, in dem früher das Feuer von einer Kammer zur nächsten übergesprungen war und der am äußersten Ende einen hohen Schornstein trug, zur anderen Seite der Trockenschuppen. Beide Gebäude waren sehr lang und sehr niedrig, ihre Dächer reichten fast bis zum Erdboden. Durch den Trockenschuppen wehte der Wind, im Gebälk nisteten Vögel, Nager huschten zwischen Schutt und Ziegelkästen, Spinnennetze, dunkel samtig von jahrelangem Staub, überzogen die wurmstichigen Trockengestelle, wo sich nur hier und da noch verrostetes Werkzeug und gebrannte Lehmbrocken fanden. Der große Hoffmann-Ofen dagegen lag verschlossen; wo früher das Feuer lummernd und bullernd durch die vierzehn Kammern gelaufen war, herrschten Kälte und Dunkelheit. Das kleine weiße Haus duckte sich in der Mitte dazwischen, hier der für Wind, Regen und allerlei Kleingetier offenstehende Bau, dort der in undurchsichtiger Finsternis verschlossene. Hüben wie drüben hauste die Leere, beide waren zu Verlassenheit und zu einem Schweigen verdammt, in dem es pfiff, fauchte und quiekte.

Valentine und Arthur waren wie diese verlassenen Gebäude. Er glich dem ein für allemal erloschenen und in Kälte und Finsternis versunkenen Ofen, und er war auch der einzige, der diesen Palast des toten Feuers betrat. Manchmal blieb er dort stundenlang allein mit den Fledermäusen. Im Dorf hieß es, er gehe dahin, um zu trinken, sich besinnungslos zu betrinken, und tatsächlich war Arthur oft betrunken, obwohl er kein Kneipengänger war. Sein Suff war brutal und düster.

Valentine glich dem luftigen Schuppen. Je älter sie wurde, desto tiefer versank sie in Abwesenheit. Sie hatte große helle Augen, rund und mondhaft, wie ihr Großvater Bolko. Immer war sie wie von Grund auf erstaunt, manchmal sogar panisch. Wurde sie angesprochen, fing sie an zu zwinkern, ganz schnell, und auf ihren Lippen zitterte ein schüchternes Lächeln. Fragen beantwortete sie zusammenhanglos, und ihre Worte endeten mit einem kleinen Auflachen. Sie gehörte zu den Wesen, die sich ständig zu entschuldigen scheinen, daß sie nur das sind, was sie sind, ja daß sie auf die Welt gekommen sind, ohne etwas von den Spielregeln zu verstehen, ohne je zu wissen, welche Rolle sie spielen sollen.

Als Anna das Paar kennenlernte, drängte sich ihr der

Vergleich der beiden mit den verfallenden Gebäuden geradezu auf – zwei Menschen, deren Herz nie im Gleichklang, nie in Übereinstimmung schlug, er ein mürrischer, immer grimmigerer Schweiger, sie ein ewiges Kind, das mit den Jahren mehr und mehr in sich versank, immer zerbrechlicher, immer ängstlicher wurde. Zwei Menschen vor allem, die sich nie hätten zusammentun dürfen, weil er ihre Verwundbarkeit nur steigern konnte und sie durch ihre Schwäche und Passivität seine Wut nur noch stärker reizte.

Doch so wenig Zutrauen und Behagen Arthur auch bei Anna erweckte, desto besser gefiel ihr Valentine. Der Schwägerin, die ihr so wehrlos erschien und so maßlos sanftmütig, brachte sie große Zuneigung entgegen. Sie liebte ihren lauteren Blick und dieses klingelnde kleine Lachen. Sie ging oft zu der alten Ziegelei und betrat das kleine weiße Haus, ohne Arthurs üble Laune zu beachten, ohne sich etwas daraus zu machen, daß er statt eines Grußwortes nur ein Knurren ausstieß und fast sofort mit bösen Blicken verschwand. Sie setzte sich zu Valentine in dem einzigen Raum im Erdgeschoß, der zugleich Küche, Eßzimmer und Wohnraum war. Sie schwatzten über dieses und jenes, und es waren Stunden friedlichen Glücks. Manchmal brachte Anna den kleinen Tobias mit, dann erzählte Valentine ihm Märchen; ihre Schüchternheit war vergessen, auf einmal konnte sie flüssig sprechen und wußte Geschichten von ungewöhnlicher Poesie zu spinnen. Diese Frau, die vor einem Nichts erschrak und ins Stammeln geriet, entpuppte sich als eine Erzählerin, die aus ihren Träumereien Bilder über Bilder schöpfte. Sie hatte die Gabe, die Worte sichtbar zu machen, greifbar beinahe. Tobias lauschte ihr mit offenem Mund, und Anna ließ sich von dieser schwebenden Stimme entzücken, in der die Winde, die Nebel und Lichter des Moores lebten und webten. Von der Stimme einer Frau, die meistens in Schweigen lebte, im Gefängnis eines unaufhörlichen Geredes in ihrem Inneren, wie wenn Schwalben sich ausweglos in einem Hausboden verfangen haben. Finden sie aber endlich die Luke, durch die sie hereingeschlüpft waren, schwingen sie sich, von Weite, Gesang und Licht beseligt, ins Freie.

»Deine Schwester ist wie ein schönes Kaleidoskop«, sagte Anna einmal zu Théodore, und er dachte an seine Tante Violette, die Fee vom Moorland, die seine Kindheit verzaubert hatte und dann in den Wirren des Weltkriegs verschollen war. Beide Schwestern Rozmaryn, Rosa wie Violette, hatten Valentine ihr Erbe hinterlassen, aber die Phantasie der jüngeren war bei Valentine durch die Schwermut ihrer Mutter belastet. Die Schwermut, die Rosa verzehrt hatte, schlich sich wie ein langsames Gift, Tropfen für Tropfen, in Geist und Fleisch ihrer Tochter. Und Théodore hegte den Verdacht, daß Arthur alles tat, Valentine immer tiefer in die Krankheit zu treiben. Er wußte nicht, wie recht er damit hatte.

Nicht daß Arthur die Frau nicht mehr liebte, die er in der Jugend geheiratet hatte, aber diese Liebe hatte sich allmählich in ihr Gegenteil verkehrt. Seine Leidenschaft war finster und gallig geworden, alles, was er einmal an ihr geliebt hatte, verfluchte er. Er verübelte ihr dieses Licht, das sie im Herzen trug, ihre endlose Geduld, ihre Fähigkeit, sich über die einfachsten Dinge zu verwundern. Denn ihn hatte dieses Licht nicht erleuchtet, es hatte die Düsternis in ihm nur deutlicher gemacht und verhärtet. Valentines Geduld war für ihn eine Herausforderung, und das kindliche Wesen, das sie sich wunderbarerweise durch die Zeiten bewahrt hatte, war ihm eine Wunde, weil er alles nur mit bösen, neidischen Augen sah.

Nie hatte sich Valentine aufgelehnt, nie eine Klage, einen Vorwurf erhoben, so roh und grob er ihr auch begegnete. So hatte er keine Macht über sie, sie entglitt ihm wie Wasser zwischen den Fingern, und er fühlte sich noch mehr allein mit seiner Wut, mit diesem grundlosen, grenzenlosen Groll, der seit je in ihm rumorte. Anstatt ihn von diesem Groll zu befreien, war sie dessen Zielscheibe geworden, sie zog die dumpfe Wut, die ihn nicht losließ, auf sich und erduldete sie. Er hatte sie zu seiner Schmerzensfrau gemacht, zu dem sichtbaren, zitternden Körper seiner eigenen Verzweiflung, so wie der große, stillgelegte Ofen deren Resonanzraum war. Denn allerdings schloß er sich an manchen Abenden dort ein, um zu saufen und ungehemmt herumzubrüllen. Auf einem hohen Holzstuhl, von dem die Arbeiter früher beobachtet hatten, ob der Brennvorgang richtig verlief, was sie an der Farbe des Feuers erkannten, leerte er eine Flasche Rotwein nach der anderen. Sein Hochsitz war nicht sehr standfest, er schwankte wie die Schatten, die das grelle Licht der beiden Blendlaternen vom Boden her auf die Mauern warf. Und bald schwankte auch er, der Alkohol setzte sich in sein Blut, wühlte seine schwarzen Gedanken auf wie Schlamm, und dann schrie er, brüllte, fluchte und rülpste ungeheuerlich. Er glaubte, er sähe das seit Jahren erloschene Feuer aufflammen, hörte es fauchen, von einer Kammer zur nächsten springen, hörte es in dem Ziegeltunnel kreischen und Beschimpfungen speien. Waren die Flaschen leer, schmetterte er sie gegen die Feuerung, es tat ihm wohl, wie das Glas krachte und splitterte und wie die Scherben niederprasselten, als hätte das Ofenmaul sie ausgespuckt. Seltsame Gestalten zeigten sich, grotesk wallende Gebilde, er setzte sie an den Wänden in kreisende Bewegung, indem er die Lampe schwenkte. Stechende Lichter erhellten seine Nacht, sein Zorn tobte sich aus mit tierischem Gebrüll. Fratzenhafte Schatten und Krakeel bespielten die Bühne seiner elenden Verzweiflung.

Arthur war es auch, der Valentine die Nachricht von Annas Tod mitgeteilt, vielmehr der sie ihr versetzt hatte. »Das Satansweib hat sich selber geköpft, in der Liebeslaube, beim Reiten; der ist der Kopf gesprungen wie ein Champagnerkorken, plopp!« Und er hatte schallend gelacht. Er hatte diese Frau mit ihrer unverschämten Schönheit gehaßt, die es gewagt hatte, ihn nicht zu fürchten, die nie vor ihm die Augen gesenkt noch ihren Ton gedämpft hatte und die ungeniert in sein Haus gekommen war, mit Valentine zu schwatzen. Er war eifersüchtig auf die Zuneigung der beiden Frauen, auf ihre vertraulichen Gespräche, ihr helles Lachen. Jedesmal nach Annas Besuch hatte er Valentine eine Szene gemacht, hatte er Anna, Théodore und ihr Rotzgör Tobias beschimpft und im selben Zug gleich alle Mitglieder der Familie Lebon, aber am meisten die aus Polen eingewanderten, die für ihn Kroppzeug vom Arsch Europas waren.

Valentine hatte ihn fassungslos angesehen, als er ihr die unglaubliche Nachricht hinschmetterte. Und dröhnend vor grausamer Schadenfreude hatte er hinzugefügt: »Siehst du, Tine, jetzt seid ihr beide gleich, die Hexe hat ihre Rübe verloren genau wie du! Bloß daß es bei ihr endgültig ist!« Das geschah nun auch mit Valentine. Sie verlor den Gebrauch der Sprache, ihr Verstand kam völlig ins Wanken. Sie stieß nur noch Laute hervor wie ein babbelnder Säugling. Mit einem Lippenstift, den Anna ihr einmal mit den Worten: »Für deinen Märchenmund« geschenkt hatte, bemalte sie nicht ihre Lippen, sondern deren Spiegelbild. Ihr Gesicht hatte sich von ihr abgelöst und klebte an Spiegeln und Fensterscheiben. Jedesmal, wenn sie es erblickte, brach sie in Gelalle aus, fuchtelte mit den Händen und lachte ein gebrochenes, furchtbar trauriges kleines Lachen.

*

Gott hört nicht auf, mich zu prüfen, sagte sich Deborah, er muß mir wohl besondere Dulderkraft verliehen haben. Dann sann sie nach und fragte sich, ob ihr rüstiges Greisenalter nicht doch eher eine Geißel als ein Glück war. Da mußte sie mit ihren dreiundneunzig Jahren nun ein fünfjähriges Kind aufziehen, weil alle Generationen dazwischen tot, verschollen oder aber mit Narrheit oder Lähmung geschlagen waren. Wer bin ich vor Gottes Augen, daß Er mich einerseits schlägt und andererseits verschont? fragte sie sich.

Und sie sang Tobias mit ihrer schon ganz brüchigen Stimme die jiddischen Lieder, die sie ihren kleinen

Töchtern und dann ihren Enkelkindern vorgesungen hatte. Zum letzten Mal gab sie etwas von ihrem Schatz weiter, Reste einer endgültig verlorenen Vergangenheit. Noch immer richtete sie am Freitag den Sabbattisch im Wohnzimmer, dem einzigen Raum, in dem Théodore sich aufhielt, seit er aus dem Sanatorium zurückgekehrt war. Er konnte keine Treppen mehr steigen, aber auch wenn er es gekonnt hätte, hätte er nicht in dem Zimmer schlafen wollen, wo er so viele Nächte mit Anna geschlafen hatte. Ein Divan war anstatt des Kanapees für ihn aufgestellt worden, den Ohrensessel hatte man weggeworfen, vor dem Kamin stand jetzt ein gedrungener Sessel, doch nur Deborah setzte sich dorthin, Théodore hatte seinen besonderen Sitz, einen Rollstuhl.

Deborah legte ihre rauhen, knotigen Hände wie alte Borke auf den weißgewordenen Kopf ihres Enkels, dann auf den lockigen ihres Urenkels und sprach den Segen: »Gebe Gott, daß du wirst wie Ephraim und Manasse.« Aber manchmal spielte ihr das Gedächtnis einen Streich, die Zeiten flossen ineinander, Deborah wähnte sich wieder in dem Haus, wo sie mit Bolko, Rosa und Violette gelebt hatte, und sprach den Segen für die Töchter. Aber keinen störte das, Théodore war in sein Leiden eingemauert, Tobias wohnte der Zeremonie wie einem schönen, ernsten Spiel, einer Märchenaufführung bei, deren Sinn er nicht verstand, aber wo die Worte wogten wie die Kerzenflammen. Was machte es da, ob nun Ephraim oder Rebekka, Manasse oder Leah. Dann stimmte Deborah das *Schalom alechem* an, um die Engel des Sabbat willkommen zu heißen, die die Getreuen von der Synagoge heim zu ihrer Wohnung geleiten sollten. Und

auch da holperte es mit dem Ritual, denn weder Théodore noch Tobias waren beschnitten, und eine Synagoge
gab es auch nicht im Moor. Aber das war nun schon fast
siebzig Jahre so für die fromme Deborah, daß sie sich
am Freitagabend Schtetl und Synagoge vorstellen mußte,
und trotzdem lud sie unermüdlich die Engel an ihren
Tisch. Dann kamen die Segnungen von Brot und Wein,
und nach dem Essen das Dankgebet. Tobias rollte Brotkrumen zu Kügelchen und schnippte sie heimlich nach
dem Wein, den sein Vater regelmäßig auf dem Tischtuch
verschüttete, wenn er sein Glas an die Lippen hob. Nur
Théodores linker Arm war gesund, aber ungeschickt,
und sein Mund war schief geblieben, seine Lippen hingen auf der einen Seite unbeweglich herab. Tobias sah,
wie die Brotkügelchen sich rot färbten, wie die Kerzen
tropften und auf dem Tischtuch durchsichtige kleine
Rinnsale bildeten, die langsam erstarrten, er sah Deborahs knorrige Hände mit der vielgeäderten Haut, die
Weinflecken am Kinn und auf dem Hemd seines Vaters
mit dem starren Blick und dem schiefen Mund, und er
fragte sich, wie wohl die Engel aussehen mochten, die
so treulich zu Gast geladen und so geduldig erwartet
wurden und die doch nie erschienen. Und er nahm es
ihnen ein bißchen übel, daß sie einfach nicht kommen
wollten, genauso wie er es seiner Mutter übelnahm, daß
sie so lange ausblieb, denn das war mittlerweile nicht
mehr Tage oder Monate her, sondern Jahre.

Tobias begriff die Erwachsenen nicht; sie waren da
– waren immer dagewesen, liebevoll, lächelnd –, und auf
einmal waren sie einfach weg, wie die Wolken am Himmel, die ein Wind vom Meer so ins Rennen brachte, daß

man sie nicht mehr sah, oder aber daß sie sich verformten, bis man sie nicht mehr wiedererkannte. Sein Vater war ganz schlotterig geworden, das Gesicht verzerrt, und was er sagte, konnte kein Mensch verstehen, seine Mutter hatte sich in Luft aufgelöst, seine Tante Valentine hatte sich in eine Marionette verwandelt, die nur noch piepsen konnte wie eine Maus. Und Deborah glich immer mehr den krüppeligen Eschen, die schräg über den Kanälen hingen mit ihrem schrundigen, buckligen Stamm und ihren knotigen Wurzeln im grünen Wasser; aber sie hatte er wenigstens immer so krumm und verfärbt wie altes Holz gekannt, und überhaupt war sie die einzige, in die er Vertrauen setzte.

Sein Vater dagegen flößte ihm nur noch Beklommenheit und Furcht ein, ohne daß er sich ihm aber entziehen konnte. Denn dieser Vater hatte sich zweigeteilt und war völlig unberechenbar geworden. Halb tot, halb lebendig, halb beweglich, halb versteinert, bald stumm, bald tobsüchtig, man wußte nie, welche seiner zwei Gestalten er in der nächsten Minute annehmen würde, die erträgliche oder die schlimme, die sanftmütige oder die gewalttätige. Er konnte stundenlang dahocken ohne jede Regung, und hätte die Erde unter seinen Füßen gebebt, er hätte sich nicht gerührt; manchmal lag er sogar ganze Tage wie tot auf dem Divan und starrte an die Decke. Wenn er aber lebendig wurde, war es meistens erschreckend, dann packte ihn die Wut über sein eigenes Ungeschick, er riß die Dinge um, die er ergreifen wollte, und brach vor Erbitterung in gurgelndes Geschrei aus. Manchmal aber wallte in ihm eine Zärtlichkeit auf, wie er sie dem Sohn vor dem Unglück so reichlich geschenkt hatte, dann strengte er sich an, seine Stimme weicher zu machen, mit dem Ergebnis, daß sie nun klagend, ja beinahe winselnd klang. So rief er Tobias. Er rief ihn, wie einer um Gnade fleht, und das Kind näherte sich ihm mit jagendem Atem und klopfendem Herzen. Théodore hob die linke Hand zum Kopf des Jungen, er streichelte seine Haare, streichelte zitternd sein Gesicht, und sein Blick war voll großer Wehmut – einer solchen Wehmut, daß es ein Grauen war, und dazu mühte sich sein Mund vergebens zu lächeln. Tobias biß die Zähne zusammen, um nicht zu schreien, nicht loszuweinen. Er verspürte soviel Mitleid, eine so große Wirrnis vor diesem abgewrackten, zerrütteten Vater und eine solche Scham. Diese Liebkosungen des Halbtoten entsetzten ihn mehr als alles andere, denn sie verbreiteten in ihm ein wenig von dem grausamen, ja wahnwitzigen Schmerz, den sein Vater litt, ohne daß er ihm helfen konnte, und ihn übermannte dann ein Drang zu heulen, der ihm das Herz um und um drehte.

Ein andermal erhob sich Théodore in einem Anfall von Auflehnung gegen diese gähnende Trauer in ihm und gegen die Zeit, die sich weigerte zu vergehen, aus seinem Stuhl, dann stand er wacklig im Zimmer und schrie, schrie mit erstickter und dennoch lauter, drohender Stimme den Namen seines Sohnes; er schrie nach ihm, als trennte sie ein Fluß oder ein Tal. Tobias sauste und flüchtete sich in eine Ecke, versteckte sich hinter einem Schrank, unter einem Tisch, ganz in sich selbst verkrochen. Aber dann geriet der Vater erst recht in Rage, er drehte sich wie ein Kreisel, der das Gleichgewicht verliert, tappte halb strauchelnd, gegen Möbel

77

stoßend, los, bis er endlich eine stützende Wand oder das Kaminbord erreichte, und schlug sich mit seiner gesunden Hand ins Gesicht. Sein Arm erhob sich wie eine Peitsche, wie unabhängig von dem Körper, an dem er hing, und fiel mit schweren, hastigen Schlägen. Tobias kniff die Augen zu, preßte die Fäuste gegen seine Ohren, um nur nichts zu sehen, nichts zu hören, aber er spürte die Schläge, die der Vater sich röchelnd und schreiend beibrachte, in seinem Kopf, seinem Bauch. Und mit einem Satz kam er aus seinem Versteck gesprungen, warf sich vor den Vater und stellte sich in Reichweite seiner Hand. Und wortlos, die Arme vorm Gesicht, nahm er die Schläge auf sich, denn die, die er empfing, taten ihm trotzdem nicht so weh wie die, die sein Vater sich selbst versetzte. Außerdem litt er unter diesen Schlägen immer noch weniger als unter diesen gräßlichen, erstickenden Liebkosungen, mit denen er ihn manchmal erschreckte. Der Vater schlug ihn, weil er sich ihm freiwillig ergab; ihre Körper wurden dann eins in dunkler Solidarität, waren ein Fleisch, ein Zorn, ein Schmerz, sie teilten die Prüfung. Und vor allem stand Théodore in diesen Augenblicken aufrecht, seine Magerkeit ließ ihn noch größer erscheinen, als er war, und er kämpfte. Denn der Junge spürte genau, daß der gewalttätige Anfall seines Vaters sich nicht gegen ihn, Tobias, richtete, daß er gegen überhaupt niemand Besonderen gerichtet war, sondern gegen etwas viel Größeres, das weder Namen noch Gestalt, noch Gesicht hatte. Denn genau gegen dieses Nichts, dieses entsetzliche und so zähe, grausame Nichts, dieses durch den Tod auf immer gesetzte Nichts kämpfte Théodore an. Aber wie schlägt man sich mit dem Nichts, dem Ungreifbaren, mit der Absolutheit des Unglücks? Jedesmal, wenn der Vater diesem unerhörten Nichts den Krieg erklärte, wenn er diese Trauer zum Zweikampf forderte, die nicht aufhörte, ihn zu fordern, weil sie nicht nachließ, sprang Tobias als deren Stellvertreter ein. Nicht als Opfer, sondern als Gegner, als mitfühlender Feind.

Manchmal aber kam es auch vor, daß Théodore, wenn er aus langem Dahinbrüten zu sich kam, den Jungen beauftragte, ihm ein Buch zu holen. Während der ganzen Zeit seiner Suche in der Bibliothek, die sich an der Flurwand im Oberstock hinzog, sagte sich Tobias den Titel und den Verfassernamen vor. Er kletterte auf einen Stuhl und ging Reihe für Reihe durch. Vor dem Geruch der engstehenden Bücher, ein süßlicher Geruch nach Verwelktem und Staub, hielt er den Kopf leicht abgewandt. Mit seinen neun Jahren erinnerte er sich, daß seine Mutter ihm früher jeden Abend aus einem Bilderbuch vorgelesen hatte. Dann hatte sie sich auf sein Bett gesetzt, er hatte seinen Kopf an ihre Schulter gelehnt und sich einwiegen lassen von ihrer Stimme, ihrer Körperwärme, vom Duft ihres Busens. Es waren hübsche Geschichten aus einfachen Wörtern und mit bunten Bildern wie Bonbons, das Ganze zerschmolz ihm im Mund und unter den Augenlidern, und in dieser Süße schlief er ein. Aber mit einemmal war die gute Zeit der Geschichten und Märchen zu Ende gewesen, sowohl in seinem Zimmer vor dem Einschlafen wie auch in Valentines weißem Häuschen. Eine andere Zeit war gekommen, in der ihm Deborah mit ihrer brüchigen Stimme und ihrem immer noch fremden, rollenden Akzent Geschichten erzählte, in denen es Nacht war und Schnee die Erde bedeckte. Da gab es keine Feen, Prinzen und Prinzessinnen, die Tiere waren auch keine Fabelwesen, sie kamen direkt vom Bauernhof, und die Helden waren Wasserträger, Ziegenhirten, Rabbiner, Kutscher oder Dorftrottel. Auch da begaben sich große Wunder, nur daß nicht so sehr die Erde zum Himmelreich wurde, sondern eher, daß der Himmel auf die Erde herabkam und eingriff in die Dramen, Tänze, Feste und Lieder all dieser schmutzigen und zerlumpten Leute mit einem Herzen, rein wie Quellwasser und groß wie die aufgehende Sonne. Aber Deborah spickte ihre Geschichten mit Ausdrücken, die Tobias nicht verstand, und zum Schluß sprach sie meistens ganz und gar Jiddisch. So verwandelten sich ihre Geschichten eher in klangvolle Beschwörungen, genauso wie die Gebete zum Sabbat oder wie das Vogelgezwitscher zu Frühlingsbeginn oder das Rauschen und Glucksen zur Zeit des Hochwassers. Eine Stimme aus der Erdentiefe, aus den Tonschichten, aus der Vergangenheit – ein geheimnisvolles Raunen, über das Tobias Worte aus seiner eigenen Sprache legen mußte, damit es für ihn irgendeinen Sinn bekam und um sich von diesem getragenen Klangfluß nicht einlullen zu lassen.

Und Worte, Keime zu Träumen, fand er nun überreich in den Büchern, nach denen sein Vater ihn ausschickte. Denn Théodore, den das Lesen schnell anstrengte, verlangte oft, daß Tobias ihm vorlas. Auf einem Schemel vor dem Vater, das offene Buch auf den Knien, mühte sich das Kind ab, zu lesen, indem es gewissenhaft den Zeigefinger auf die Zeilen legte, um ja kein Wort zu überspringen; aber es stolperte über so manche Begriffe, entstellte sie, weil es sie nicht verstand, und jedesmal stöhnte Théodore gereizt oder brach die Lesung auch mit einer schroffen Handbewegung ab, wenn der Kleine zu sehr stotterte. Gekränkt zog Tobias mit dem Buch davon, aber manchmal schlug er es noch einmal auf, kauerte sich auf die oberste Treppenstufe im Flur und begann leise, ganz für sich, den Absatz, den er verpatzt hatte, noch einmal zu lesen, besonders wenn es sich um ein Gedicht handelte. Und unter den Dichtern gab es einige, die seine Aufmerksamkeit fesselten, so Saint-John Perse, weil sein Name so seidig klang, aber vor allem wegen seiner langen Sätze, dem schweren Strom seiner Worte, eines immer ungewöhnlicher als das andere. Und was Tobias sehr verwunderte, war der Kontrast zwischen den kurzen Titeln: »Preislieder«, »Winde«, »See-Marken«, »Exil«, »Chronik«, »Vögel« …, und diesen brandenden Sätzen von der ersten Zeile an, diesem machtvollen Wogen, das brüllte, schmeichelte und pfiff. »›O du, Begehren, das zu singen anhebt …‹« Und ist nicht meine ganze Seite selber schon ein Rauschen, / Wie dieser große Zauberbaum in seinem wirklichen Plunder: sich spreizend unter seiner Last von Fetischen, Ikonen, / Heuschreckenpanzer und -gespenster schaukelnd; dem Wind des Himmels vermachend, verknüpfend Wolken von Flügeln und Schwärmen, Schwemmsande des höchsten Wortes – / Ha! sehr großer Baum der Sprache, bevölkert von Orakeln, von Maximen und Geraune raunend eines Blindgeborenen in den durchhellten Rängen des Wissens …«

Tobias verstand nichts von alledem, oder fast nichts,

trotzdem fand er daran ein unbestimmtes Gefallen, und das war heftig und warm wie Sommerregen. Manchmal schlug er im Lexikon die Wörter nach, die ihn besonders reizten, deren Klang ihm gefiel, und oft war er dann völlig entgeistert, weil das Wort, dem er vorher von sich aus schon einen Sinn gegeben hatte, etwas ganz anderes bedeutete, das damit überhaupt nichts zu tun hatte.

Und dann gab es Verlaine, von dem manche Verse noch lange, nachdem er sie gelesen hatte, in ihm schwebten wie Nebelfetzen, die an Hecken und Büschen festhängen, oder wie die Fäden des Altweibersommers, die das Gras mit silbernen Netzen überziehen: etwas Unfaßbares – ein Hauch nur, ein Schimmern, und doch widersteht es Wind, Nacht und Vergessen.

So kam es, daß in Tobias die Lust an den Worten wuchs, und seine Neugier verlockte ihn, auch in Werken zu stöbern, die sein Vater nicht verlangt hatte. Was mochten all die vielen Bücher in den Regalfächern wohl sagen? Tobias vermutete, daß diese dem Schweigen überlassenen Seiten ihm Geheimnisse offenbaren könnten, oder vielmehr war er begierig, neue Buchstabenländer zu entdecken. Aber meistens machten ihn die Bücher, die er aus ihrem staubigen Lager zog und heimlich durchblätterte, ratlos, und er klappte sie enttäuscht wieder zu, sie waren zu schwerfällig, die Wörter bewegten sich nicht und kamen nicht zum Klingen. Eines Tages, als er so gelangweilt in den Fächern stöberte, fiel ihm ein Buch in die Hände, das auf ihn wirkte, als hätte er in Brennesseln gefaßt. Es war ein dünnes Bändchen, der kartonierte Einband graubraun marmoriert, die Kanten vergilbt. In brauner Blockschrift standen da der Name des Autors und der Titel: Gottfried Benn – *Morgue*. Morgue – Leichenschauhaus, das Wort kannte er, es gehörte seit langem zu seinem Wortschatz – seine tote Mutter hatte in einem Schauhaus gelegen, bevor sie begraben wurde. Bis die Untersuchung wegen ihrer rätselhaften Enthauptung abgeschlossen war. Aber, war nicht sein Vater selber zu einem Schauhaus geworden, in dem die eine Hälfte seines Körpers bei der verstümmelten Leiche seiner Frau lag?

Tobias schlug den Band auf, und gleich auf der ersten Seite verspürte er nicht mehr nur eine Erregung, sondern einen Schock, eine schwarze Erleuchtung. Und er las, las immer wieder – eine Lektüre wie ein Fressen, so viele harte Sätze gab es da zu beißen und zu brechen, bis er ihre herbe Schönheit schmeckte, so viele rohe Bilder gab es da zu schlucken. »Ein ersoffener Bierfahrer wurde auf den Tisch gestemmt./ Irgendeiner hatte ihm eine dunkelhellila Aster/ zwischen die Zähne geklemmt.« Und die kleine Aster begann in der Phantasie des Jungen zu kreisen und zu blauen. Ob zwischen den Zähnen seiner Mutter auch eine Blume klemmte? Und was für eine? Woher sollte man das wissen, seine Mutter hatte ihren Kopf an einem unauffindbaren Ort versteckt.

Eine Strophe des Gedichts *Requiem*, das Leichen von Männern und Frauen mit gespaltenen Schädeln und Rümpfen beschrieb, wurde ihm zum Katechismus:

> Jeder drei Näpfe voll: von Hirn bis Hoden.
> Und Gottes Tempel und des Teufels Stall
> nun Brust an Brust auf eines Kübels Boden
> begrinsen Golgatha und Sündenfall.

Ein anderes Gedicht wurde ihm zur Hauptvorlesung in Anatomie:

Ich brülle: Geist, enthülle dich!
Das Hirn verwest genauso wie der Arsch!
Schon rülpst der Darm ihn Bruder an –
schon pfeift ihm Vetter Hodensack.

Morgue – jedes Gedicht ein Seziertisch, auf dem zerstückelte, verwesende Körper lagen; der eine hatte ein Rattennest unterm Zwerchfell, der andere Fliegen in den glibberigen Eingeweiden, junge Frauen hatten bläuliche Föten im Bauch, und überall sickerten Blut, Lymphe, Eiter.

Morgue – und die Leichen wurden zu frechen Bänkelsängern – »Eine Leiche singt: Bald gehn durch mich die Felder und Gewürme ...« Und ihre Lieder wurden seine Gefährten, sie flogen ihm fetzenweise durch den Kopf, wenn der Vater sich mit seinem Unglück prügelte und dabei auf ihn einschlug. Ihr Hohn und ihre Lästerungen stärkten ihn, wenn der Vater ihm seine gramschweren Liebkosungen aufdrängte. Und er skandierte im stillen ihre düsteren Strophen, wenn Deborah ihren Klangteppich webte und Märchen und Sagen in der Sprache ihrer Väter spann.

Morgue – jedes Gedicht ein Büschel Unkraut in den Händen des Kindes, das im oberen Flur unter der Deckenleuchte kauerte, jedes eine Handvoll Glut in seinem Waisenherzen – aber eines dieser Gedichte loderte mehr als alle anderen. Es hieß so karg wie groß *Mutter* und wurde Tobias zum Nachtgebet.

84

Ich trage dich wie eine Wunde
auf meiner Stirn, die sich nicht schließt.
Sie schmerzt nicht immer. Und es fließt
das Herz sich nicht draus tot.
Nur manchmal plötzlich bin ich blind und spüre
Blut im Munde.

Morgue – im Geist von Tobias wurde dieses Wort mittlerweile gleichbedeutend mit Bibliothek, denn jedes Buch konnte sich als ein Schauhaus von Sätzen und Begriffen entpuppen, die er noch nicht nachgeschlagen, noch nicht verstanden hatte, als ein Seziersaal der Sprache – und dem Bauch der Wörter entstiegen erstaunliche Bilder, den Eingeweiden der Klänge entsprangen Blüten und Stacheln. Und endlos fügte sich aus all diesen Fragmenten die Gestalt seiner Mutter neu zusammen, ein großes Puzzle aus unzähligen, immer wechselnden Teilen, dem aber immer ein wesentliches zur Vollendung fehlte. Eine Gestalt, die Tag für Tag neu zu erfinden, neu zu beschwören war.

*

Die Welt von Tobias beschränkte sich auf das Moor, wo er jeden Weg und Steg, jeden Zauber und jedes Geheimnis kannte, und auf die väterliche Bibliothek, die er sich zum Leichenschauhaus seiner Phantasie erkoren hatte. Da kam ein Ereignis, das in seiner Einbildung und seiner Vorstellung von der Welt einen gewissen Umsturz auslöste. Den Anlaß gab eine Klassenfahrt, alle Schüler fuhren auf einen Tag nach La Rochelle.

Die Hinfahrt war fröhlich, die Kinder ließen sich von dem Autobus durch und durch schuckeln. Hin und wieder gab ihnen der Lehrer eine Erklärung zu den Orten, durch die sie kamen. Als sie sich La Rochelle näherten, erzählte er, daß am Vortag auf der Insel Ré ein Wal gestrandet sei, dort drüben, genau gegenüber der Straße, auf der sie fuhren. Ein verirrter, kranker oder verzweifelter Wal – man wußte nicht, woher er kam, noch wie und warum er sich diese Stelle zum Sterben ausgesucht hatte. Sofort entzündete sich Tobias' Phantasie, und als er aus dem Bus stieg, bildete er sich ein, er rieche das tote Fleisch, das ranzige Fett, der Seewind habe den Geruch herübergeweht, und er stellte sich den riesigen Wal in seiner ungeheuren Einsamkeit und Verzweiflung vor, in seinem tragischen Sterben und seinem Gestank. Und er empfand großes Mitleid mit dem Tier, das der Ozean ausgestoßen hatte und das so verlassen, so ohne all seine Herrlichkeit, seine Kraft und seine Gesänge dort drüben am Strand verendet war.

Sie wanderten eine Zeitlang durch die alte Stadt, und ihre Helligkeit entzückte Tobias; dann führte der Lehrer sie zum Jachthafen Les Minimes, wo ein ganzer Wald von Masten schaukelte, aber Tobias dachte weniger an einen Wald als an Schilf, nur daß es nicht schauerte und rauschte wie im Moor, sondern eben klickerte. Und der Ozean, den er zum erstenmal sah, erstreckte sich hinter den Takelagen, soweit das Auge reichte.

Am Vormittag besichtigten sie das Aquarium, am Nachmittag das Museum für Naturgeschichte. Das erste begeisterte alle Kinder, das zweite vergnügte sie. Sie bewunderten das Cabinet Lafaille mit seinen gedrechselten Vitrinen zwischen den kannelierten, ockergelben und karminfarben eingelegten Pilastern, wo es Miniatur-Volieren, Schildkrötenpanzer, reichgezackte Muschelhäuser zu sehen gab, manche davon über und über ziseliert. Von der Decke hing ein Krokodil herab, das über dem wunderbar eleganten Mobiliar und den kuriosen Seefahrertrophäen neben dem Skelett eines Delphins wie ein urzeitlicher Dämon schwebte. Dann entdeckten sie die sahnegelbe Giraffe mit ihren rostroten Flecken, die ein ägyptischer Pascha einmal dem französischen König Karl X. zum Geschenk gemacht hatte. Die damals noch ganz junge Giraffe hatte man auf ihrer Schiffsreise mit der Milch von drei Kühen ernähren müssen. Von Marseille, wo sie gelandet war, wurde sie mit großem Gepränge über die Straßen des Königreichs nach Paris geleitet. Nach über siebzehn Jahren unter Frankreichs Himmel, während derer der letzte Bourbone gestürzt wurde, war die Giraffe ohne Nachkommen gestorben, womit denn gleich zwei Dynastien erloschen waren. Sie aber wurde ausgestopft, im Gegensatz zu dem gestürzten und ins Exil gegangenen König – wozu auch, der fette kleine König war ja gestopft genug. Als Reisende über ihren Tod hinaus stellte die Giraffe ihre exotische Schönheit nun in La Rochelle zur Schau und ragte zwischen anderen eingewanderten Tieren und den herrlichen Geweihen von Antilopen und Gazellen auf einem Treppenabsatz empor, die sanften schwarzen Augen in einem leeren, aber immer noch poesievollen Blick erstarrt. An der Wand, genau über ihrem Kopf, schwebte eine Schattenkrone, die ein zylindrischer Deckenleuchter warf.

In der oberen Etage aber geschah es, daß die Fröhlichkeit, mit der Tobias bis dahin alles angeschaut hatte, mit einemmal umschlug. Auch dort gab es viel zu sehen, Vögel, Affen, wilde Tiere und allerhand sonderbare Gegenstände, aber sein Blick blieb an einer Vitrine haften, und was er darin erblickte, traf ihn ins Herz.

Diese Vitrine stand unter der Überschrift »Schädelkult« – und es waren Schädel zu sehen, die mit Streifen beklebt und mit Perlen besetzt waren, grimassierende Holzfiguren und Totenköpfe. Der eine Kopf war zu einem ganz schwarzen Ei geschrumpft, einer von einem Maori-Krieger war mumifiziert und tätowiert, und seinen Mund verzerrte ein grausames oder auch schmerzliches Lächeln. Vor diesen Gesichtern mit der hart und dunkel gewordenen Haut wie altes Trommelleder, vor diesen Schädeln mit Haaren wie geteertes Werg, vor diesen Augen mit den wie Wunden gespaltenen Lidern, hinter denen kein Blick war, oder vielmehr etwas wie ein zweiter Blick, verharrte Tobias bis ins tiefste aufgewühlt. Er ließ sich nichts anmerken, während seine Kameraden sich ausschütteten vor Lachen; sie hätten ihn bloß verspottet, wenn sie seine Erregung bemerkt hätten.

Sie hatten gut lachen, diese abgeschlagenen Köpfe berührten sie nicht, sie rissen in ihnen keine Wunde auf, keine Trauer, nur er hatte eine Mutter, der der Kopf vom Leib gerissen und geraubt worden war.

Und die Qualen seines Vaters überfielen nun auch ihn – wo mochte der Kopf seiner Mutter sein? In welchem Zustand? War er auch so mit dunklen Zeichen überzogen und verschrumpelt wie ein alter Apfel? Hatte ihn jemand gestohlen, um ihn auch in einem Museum, einer Vitrine zur Schau zu stellen wie diese hier? Standen vor ihrem Mumiengesicht auch Kinder, die sich nicht genug tun konnten mit Gewitzel und Lachen? Tobias hätte heulen mögen, am liebsten hätte er die Scheiben eingeschlagen und diese Köpfe, die von ihren Körpern gerissen und unbestattet waren, mitgenommen und in der Erde begraben. Tränen der Ohnmacht, der Empörung schossen ihm in die Augen. Da fiel sein zornverschleierter Blick wie zufällig auf eine Statuette, die er noch nicht bemerkt hatte, und mit einemmal legte sich seine Verzweiflung, er begriff nicht warum.

Es war eine kleine Skulptur aus blankem braunem Holz mit orangeroten Reflexen, die ein menschliches Wesen mit zwei Köpfen darstellte. Diese Zwillingsköpfe mit denselben scharfen Zügen, langen Adlernasen und runden Augen, die Pupillen aus blinkendem Obsidian eingelegt, der Mund offen und das vorspringende Kinn mit einem Bärtchen wie ein Komma geziert, saßen auf einem einzigen Körper. Aber auch dieser einzige Körper war wie doppelt, denn er hatte die Sinnlichkeit des Lebendigen, aber auch die Dürre eines Skeletts – die Rippen waren aufs feinste eine über der anderen gerillt, ebenso die Wirbelsäule. Dieser halb Tote, halb Lebendige trug seine beiden Köpfe leicht nach vorn geneigt, und seine beiden kahlen Schädel zierten dieselben Ornamente.

Die Statuette stammte von den Osterinseln, sie trug den rätselvollen Namen Moaï Kava Kava. Lange bannte sie die Aufmerksamkeit des Jungen, und je länger er sie betrachtete, desto stiller wurde sein Kummer, so als ob die beiden geneigten Köpfe ihm einen brüderlichen Gruß sendeten, eine Botschaft vor allem, eine undeutliche, aber tröstliche. Es war, als ob die kleine zweiköpfige Figur den Tod verachte, oder wenigstens, als ob sie ihn gezähmt, ihn sanft ins Leben mit eingeschlossen hätte, während die mumifizierten Schädel nur bedrohlich grinsten. Und Tobias sagte sich, vielleicht war ja auch seiner Mutter ein zweiter Kopf auf den Schultern gewachsen, ein Kopf mit weit offenen Augen unter der Erde und mit einem friedvollen Lächeln.

Der Name Moaï Kava Kava prägte sich seinem Gedächtnis ein und rückte in ihm die düsteren, bissigen Strophen Gottfried Benns in den Hintergrund. Nach seinem Besuch im Museum von La Rochelle und seiner Begegnung mit der kleinen Statue – denn es war eine echte Begegnung – wandte sich Tobias mehr und mehr von der Schauhaus-Bibliothek ab. Er bekam Lust, mit Holz zu werkeln und Ton zu kneten, er formte Figuren und baute Schiffe, Segelschiffe, Kähne, manche auch aus Papier. In seine Träume war der Ozean eingezogen, er wollte Seemann werden, nach den Osterinseln fahren, zur Insel der Moaï Kava Kava und der steinernen Riesen, zu jenem vulkanischen Felseneiland, das im Pazifik lag, als ob ein Betender sein Antlitz zum unendlichen Himmel erhöbe.

*

Gott hat mich lange am Leben gelassen auf dieser Welt, sagte sich Deborah an ihrem neunundneunzigsten Geburtstag, aber einmal muß er doch ein Ende machen. Und seit diesem Tag bereitete sie sich auf ihren Tod vor – hundert zu werden, das schickte sich nicht, fand sie. »Das war was für die Propheten damals«, sagte sie, »aber nicht für mich.« Doch Monat um Monat verging, und ihr immer noch starkes Herz schlug unverwüstlich und regelmäßig weiter.

Es überfiel sie sogar ein ganz neuer Tatendrang, der ihrer Umgebung zugute kam. Théodore begann endlich zu genesen, er versank nicht mehr so oft in seiner Starre, hatte nicht mehr diese Verzweiflungsanfälle, die seinen linken Arm zur Geißel machten, er zwang sich, wieder gehen und sprechen zu lernen. Es waren noch ziemlich wacklige Schritte, tapsig und steif, und kurze, schwer verständliche Worte, aber seine Welt, die sich nun jahrelang auf die vier Wände des Wohnraums begrenzt hatte, erweiterte sich wenigstens um Hof und Garten. Er wagte sich wieder ins Tageslicht, in die Geräusche, Gerüche und die Helligkeit draußen, und begann sich auszusöhnen mit dem Ort seines Unglücks. Die Stockrosen blühten wie jedes Jahr weiß, rosa und purpurn und wippten mit ihren samtigen Dolden vor der steinernen Mauer, an der Salamander auf und nieder flitzten. Der nachtblaue Pfau hatte die Zeit friedlich überdauert, er stolzierte wie je über den Hof, schlug sein Rad und stieß gellende Schreie gen Himmel, wie um die Stille weithin zu brechen. Und oft gegen Abend stimmte er einen langen Monolog an, als ob eine Säge kreische, klagend, zornmütig, wie besessen, und Théodore lauschte ihm, als wäre das Tier der Verstärker seines Grams.

Deborah blieb emsig. Eines Tages im September beschloß sie, ihr Haus, das sie sechs Jahre nicht mehr bewohnt hatte, zu lüften und dort ein Großreinemachen zu veranstalten. Tobias half ihr dabei, sie wischte die Dielen, die Fliesenböden, sie wachste die Möbel, jätete das Unkraut im Hof und pflanzte Blumen. Tobias wunderte sich über diesen großen Hausputz und fragte sie, ob sie das Haus vermieten oder verkaufen wolle. Nein, sagte Deborah, sie mache nur Ordnung, weil sie Besuch erwarte. »Wen denn?« staunte er, denn außer dem Arzt und den Krankenschwestern, die regelmäßig zu seinem Vater kamen, wurden sie von niemandem besucht. Sein Staunen ging in Verblüffung über, als die alte Frau ihm ganz munter antwortete, sie erwarte den Todesengel. Tobias hatte seinem Vater mehrmals aus einem Buch vorlesen müssen, das ihn noch stärker beunruhigt hatte als die Gedichte von Gottfried Benn – die *Offenbarung des Johannes*. Da kamen auf jeder Seite Engel mit Schwertern, mit schmetternden Posaunen vor, die Hagel, Sturm und Sintflut brachten, und in dem Posaunengetöse führten sie reitende Heerscharen an mit Panzern aus Feuer, Scharlach und Schwefel. »Hat der auch eine Posaune?« fragte Tobias. – »I wo, er kommt mit leeren Händen, der Todesengel ist ein ganz heimlicher, der macht keinen Krach. Und lange aufhalten muß er sich auch nicht, weil alles bereit ist.« Bereit war sie seit Jahrzehnten. »Kann ich ihn sehen?« fragte Tobias. – »Ich hab dir doch gesagt, er ist ein ganz heimlicher«, sagte Deborah. – »Und wann kommt er?« – »Wenn es Zeit ist«, sagte sie, aber tief im Herzen hatte sie ihr Uhrwerk gestellt, damit es den letzten Schlag tue, bevor sie hundert würde. Mittlerweile war es schon Herbst, und ihr Geburtstag nahte.

Und es kam Rosh Hashanah. Eines Nachmittags nahm Deborah den Jungen mit an das Flüßchen Mignon, sie warf aber keine Krumen ins Wasser, sondern einen Stein. Einen grauen Stein mit weißen und rosa Äderchen, den sie Ende des vergangenen Jahrhunderts am Ufer der Lubaczówka aufgelesen und immer bei sich getragen hatte. Es war ihr ganzer Schatz, ihre Vergangenheit, ihr Gedenkstein, und sie gab ihm alle ihre Sünden mit, nicht nur die vom letzten Jahr, sondern alle, die sie im Lauf ihres Lebens begangen hatte. Im Grunde hätte dazu ein Kieselchen ausgereicht, so bescheiden war Deborah von Kind auf geblieben, so treu ihrem Gott, dem Gesetz und einem jeden der Ihren. Der Stein fiel auch ganz leicht, warf an der Oberfläche nur ein paar zitternde Kreise, die einen Augenblick erglänzten und dann erloschen. Und als wäre der fallende Stein ein Signal gewesen, flog aus dem hohen Ufergras ein Vogel auf. Es war ein Silberreiher, schneeweiß. Er flappte langsam und stieß einen melancholischen, fast zärtlichen Ruf aus, trotz seiner krächzenden Stimme.

Dahinter wollte Tobias nicht zurückstehen, er kramte in seinen Taschen und brachte eine Büroklammer, einen Apfelgriebs und einen ausgekatschten, harten Kaugummi zum Vorschein, das warf er alles zusammen in den Fluß. Drei kleine Kreise wellten sich, zerrannen, und das Wasser war wieder glatt. Tobias war enttäuscht, daß bei seinem Wurf kein Vogel so wunderbar aufschwebte.

Deborah sprach ihre Gebete, dann wünschte sie Tobias, daß er eingeschrieben sein möge ins Buch des Lebens. Und der Junge fragte sich, was für ein Buch sie wohl meine; in der Bibliothek im Flur oben hatte er noch keins mit diesem Titel gesehen, aber er getraute sich nicht, Deborah zu fragen, sie war in dem Moment so ernst und gesammelt.

Auf ihren Gesichtern flimmerte der Widerschein des Wassers. Tobias betrachtete die alte Frau zum erstenmal mit wirklicher Aufmerksamkeit, und er fand sie schön mit ihren lichtgesprenkelten Runzeln, mit diesem sonderbar klaren Blick zwischen ihren knittrigen Lidern und den ockerfarbenen Ringen um ihre Augen. Sie hatte einen Blick, wie wenn Wasser aus einem Felsen springt, und er dachte, daß man seine Sünden in dieses Wasser werfen müßte, alle Sünden der Welt. Aber er schlug die Augen nieder, die Klarheit dieses Blicks war nicht leicht auszuhalten.

Hand in Hand gingen sie ein Stück am Fluß entlang. Noch nie vorher war es Tobias aufgefallen, wie klein Deborah war; er war erst elf Jahre alt und sie fast hundert, aber er überragte sie um einen ganzen Kopf. Ihre Hand, die er umfaßt hielt, kam ihm zerbrechlich vor wie eine kleine Vogelklaue, und aus Angst, sie zu verletzen, lockerte er seinen Griff. Ihr ganzer Körper erschien ihm spatzenklein, sie hüpfte eher, als sie ging, und berührte kaum den Boden.

Es war ein schöner Abend. Ihre Mahlzeit war einfach, sie tunkten Brot und Apfelstücke in Honig. Und Deborah sang an diesem Abend, wie Tobias sie noch nie hatte singen hören. Das war nicht mehr der dünne, alte Klangteppich, den er für sich mit diesen oder jenen angelesenen Dichterstrophen belegt hatte, es war eine machtvolle Woge von jenseits des Jahrhunderts, sogar von noch weiter her, ein Sternengesang in der Nacht, eine Klage, aus der Stolz und Hoffnung strahlten. Deborah hatte mehr als »ihre Kerzenstimme«, wie ihre kleinen Töchter einst sagten; sie sang mit der Stimme einer Gerechten, geschlagen mit Prüfungen, gebrochen durch die Liebe zu den Lebendigen – und für sie waren alle ihre Toten lebendig geblieben –, mit der Stimme einer Sterblichen, dicht vor ihrem Ende. Sie hatte zu den Tönen des Kantors Yoshe Rosenkranz, ihres Vaters, zurückgefunden. Tobias konnte sich nicht enthalten, ihr seine Bewunderung auszudrücken. Deborah sagte einfach: »Ich hab bald ein Jahrhundert gebraucht, bis ich begriffen habe, was mein Vater immer gesagt hat: Wenn du gut singen willst, hat er gesagt, mußt du deinen Atem bis aus deinen Fußsohlen holen, bis aus deinen Zehenspitzen.«

Drei Tage danach feierte Deborah den Sabbat, und wieder sang sie »bis aus ihren Fußsohlen«. Ihr Gesicht leuchtete mehr als von den brennenden Kerzen auf dem Tisch, so als würde es noch immer vom Wasser des Flusses beschienen. Théodore und Tobias fühlten sich ergriffen von dem Licht, das die alte Frau ausstrahlte. Am Anfang ihrer beider Leben stand diese Frau, und mit ihr ein ganzes Volk, und solange sie denken konnten, hatte sie ihnen immer ein Buch gesungen, das einzige, das Deborah je gelesen hatte.

Diesmal verwechselte Deborah die Segenssprüche nicht, sie erfand einen neuen. Als Tobias an die Reihe kam, sprach sie: »Gebe Gott, daß du wirst wie Mejdele.« Keiner wußte, wer Mejdele war, Deborah hatte den

Namen immer für sich behalten, nie hatte sie von ihrer Vision auf dem Atlantik erzählt, auch nicht von ihren vielen Begegnungen mit dem Lamm am Kirchenaltar. Tobias verstand den Sinn ihres Spruches also nicht, wie er auch nicht begriff, welche Zeremonie Deborah an diesem Sabbatfest beging: daß es ihr Abschied war.

Am nächsten Abend ging sie zu sich nach Hause. Den Schlüssel ließ sie außen stecken, das Fenster ihrer Schlafkammer stieß sie weit auf. Sie wusch sich, zog ein weißes Baumwollhemd an, dann legte sie sich zu Bett und wartete mit offenen Augen. Es regnete – ein feiner grauer Herbstregen. In ihre Kammer zog der Geruch von Erde und feuchtem Laub.

Um Mitternacht hörte der Regen auf. In die Stille draußen und im Haus fiel nur das Tropfen vom Dach und von den Blättern. Die Kammer lag in bläulichem Dunkel.

Der Todesengel kam gegen Morgen, er machte kein Geräusch und hielt sich nicht auf.

*

Wie, sogar auf Deborah war kein Verlaß? Tobias konnte es nicht fassen, daß auch sie ihn im Stich gelassen hatte. Er ging zu ihrem Haus, wo sie aufgebahrt lag. Als erstes suchte er den Erdboden um die Mauern nach Spuren des Engels ab, den sie erwartet hatte. Er hätte ringen mögen mit diesem Engel, damit er Deborah den geraubten Atem wiedergab. Aber er fand keine Spur, nicht draußen, nicht drinnen.

Er trat in die Kammer. Die Fensterläden hatte man geschlossen, nur durch den Spalt drang ein bißchen Tageslicht. Deborah lag auf ihrem Bett, im weißen Hemd, die Hände über der Brust gefaltet. Sie erschien Tobias noch kleiner als in den letzten Tagen – ein Bündelchen Knochen und morsches Leder. Eine Gazebinde umgab ihren Kopf, Kinn, Wangen und Schläfen, und Tobias fragte sich, warum man sie als Osterei verkleidet hatte. Dann wurde ihm bewußt, daß er zum erstenmal vor einer Leiche stand. Energisch schüttelte er den Kopf, um die gräßlichen Bilder zu verscheuchen, die ihn anfielen wie betrunkene Fliegen, dann trat er an Deborahs Kopfende, beugte sich über ihr seltsam eingefallenes Gesicht, das wie getrockneter Ton aussah, und beobachtete aufmerksam ihre Augen in der Hoffnung, die Lider würden sich einen Spaltbreit öffnen und den klaren Blick freigeben, der ihn noch vor ein paar Tagen so verwundert hatte. Aber die Lider blieben zu. Er berührte den Hals und versicherte sich, daß er nicht durchgetrennt war, damit nicht auch ihr Kopf noch verschleppt werden könnte. Dann ging er, stellte sich ans untere Ende des liegenden Körpers und betrachtete die Füße; sie waren nackt und genauso dürr und knotig wie die Hände. Ihm fiel ein, wie Deborah gesagt hatte, daß man bis aus seinen Fußsohlen singen müsse, und er legte sein Ohr daran. Ob er wohl ein Murmeln hören könnte, einen Nachhall ihrer Gesänge, einen Rest ihrer Stimme direkt an der Quelle? Er hielt den Atem an und schloß die Augen, um sich ganz zu konzentrieren und so scharf wie irgend möglich zu hören. Die Füße blieben eisig und stumm.

Er richtete sich rasch auf und ging wieder zum Kopfende der Toten. Er hatte noch eine Frage an sie: Wer war Mejdele? Wie sollte er werden können wie Mejdele, wenn er gar nicht wußte, wen sie ihm so feierlich zum Vorbild gegeben hatte? War es ein Mann, eine Frau, ein Prophet, ein Kind, ein Hirte, ein König, ein Krieger? Damit die Lippen sich öffnen könnten, kam Tobias auf die Idee, die Gazebinde von dem eingesunkenen Kopf abzunehmen, und während er zitternd den Knoten löste, stellte er halblaut seine Frage: »Sag mir, wer ist Mejdele? Wie kann ich werden wie er oder sie?« Statt einer Antwort bekam er einen furchtbaren Schreck, die Kiefer der alten Frau erschlafften, aus dem klaffenden Mund flog das Gebiß wie ein Springteufel aus seiner Schachtel und kullerte auf das Leichentuch. »Sie ist kaputtgegangen!« schrie Tobias und sauste wie ein Blitz aus der Kammer.

Deborah Rozmaryn, geborene Rosenkranz, wurde einen Tag vor ihrem hundertsten Geburtstag auf dem Friedhof begraben. Sie hatte mehr Jahre auf der Erde verbracht als Bolko, Violette und Rosa zusammen. Drei Leben, an deren Verlust sie schwer getragen hatte. Aber drei Leben auch, die mit ihr endlich eine Ruhestätte fanden. Théodore, dem Deborah den Tontopf mit dem Medaillon, dem Milchzahn und der Haarsträhne anvertraut hatte, warf statt einer Handvoll Erde die drei Reliquien in die Grube, dann deckten Schaufeln von Lehmerde sie zu.

In den Tagen nach Deborahs Begräbnis geschah etwas Sonderbares: Aus der Erde rings um das Grab sickerte

Wasser. Tropfen um Tropfen entquoll dem Boden, perlte ins Gras, dünne Rinnsale bildeten sich, breiteten sich aus zu Lachen und die Lachen zu einem Maar. Natürlich ist man im Moorland an Überschwemmungen gewöhnt, aber sie haben ihre Zeit und kommen von den angeschwollenen Flüssen; hier aber war es die Erde, aus der ein Wasser trat, dessen Quelle sich niemand erklären konnte.

Die Quelle war niemand anderes als Deborah, deren Körper nach und nach die Tränen freigab, die er so lange zurückgehalten hatte, ihr Körper weinte und weinte, er ließ all seinen Kummer frei, erleichterte und reinigte sich durch das Geständnis seiner Leiden.

Tobias war oft auf dem Friedhof. Er ging vom Grab seiner Mutter, das immer noch ein schlichter Hügel mit einem Holzkreuz war, zu dem von Deborah, das ein Stückchen weiter lag und das nur erst eine kahle hellgraue Steinplatte trug, auf der ihr Name und ihre Lebensdaten noch nicht eingraviert waren, auch kein schmückendes religiöses Symbol. Der Stein glich einem Inselchen in einem winzigen See, einem geschlossenen Augenlid, das Tränen netzten. Tobias hätte gerne gebetet, aber er wußte nicht wie, ihm ging alles durcheinander, Verse der verschiedenen Dichter und Brocken der Gebete, die er von Deborah gehört hatte, aber deren Sinn er nicht kannte.

Wieder fing er an zu lesen und die Bibliothek zu durchstöbern in der Hoffnung, in irgendeiner Regalreihe das Buch des Lebens zu finden, von dem Deborah gesprochen hatte, aber es war nicht da. Dafür entdeckte er ein Gedicht, das ihm half, seine Scheu zu überwinden und seinem Gestammel ein Ende zu machen, wenn er sich an seine Mutter und an Deborah wandte.

> Mutter, ich weiß nicht recht, wie man die Toten findet,
> Ich verirre mich in meiner Seele, ihren schroffen Gesichtern,
> Ihrem Gestrüpp und ihren Blicken ...
>
> Ich spreche hart zu dir, Mutter;
> Ich spreche hart zu den Toten, weil man zu Toten hart sprechen muß,
> Im Stehen, von glitschigen Dächern,
> Beide Hände zum Lautsprecher erhoben und in zornmütigem Ton,
> Um das betäubende Schweigen zu überschreien,
> Das zwischen uns steht, den Lebenden und den Toten.

Wie wünschte sich Tobias, er hätte dieses Gedicht von Jules Supervielle selbst geschrieben, so treffend, so klar fand er es. Das Schweigen zwischen den Toten und ihm war so schwer, so groß, so zäh, man mußte es aufbrechen, eine Bresche hineinschlagen. Und manchmal kletterte er auf einen Baum, fast bis zum Wipfel hinauf, und an den Stamm geklammert, schrie er aus Leibeskräften. Bald rief er seine Mutter und bald Deborah, und mit seiner Liebe zu diesen beiden Frauen, seiner Liebe unter dem Gesetz des Niemals-Mehr, umfaßte er all jene mit, die er nicht kannte, aber die ihnen vorausgegangen waren. Er forderte das Schweigen heraus, das Unsichtbare, und wenn er auch keine Antwort erhielt, verzagte er doch nicht, Gehör zu finden.

Der Herbst ging zu Ende, der Wind vom Meer blies mit aller Gewalt, jagte Wolkenhorden über den hohen zinnfarbenen Himmel, und mit dem Wind kamen die Seevögel ins Moor, die mit Enten und Krähen um die Wette schrien. Das Maar riefelte sich unterm Wind. Eines Morgens brachte Tobias seine ganze kleine Flotte mit zum Friedhof und setzte sie auf das Wasser, das aus Deborahs Grab sickerte. Ein Reigen kleiner Schiffe trudelte rund um die Platte. Tobias hatte sein Gebet gefunden, er hatte auch seine Osterinsel gefunden – ein Stück Stein im flachen Wasser und ein Stück Himmel, wo das Gedenken wachte und die Geduld.

Allmählich versiegte das Tränenmaar, während ringsum alle Flüsse und Gräben über die Ufer traten und die Wiesen überschwemmten. Der Winterhimmel klirrte von kristallenem Licht und spiegelte sich in der mit Wasser und Reif bedeckten Erde. Tobias' kleine Flotte strandete im Gras. Seine Kindheit legte sich nieder, dort im Kreis um jene Frau, die ihn aufgezogen hatte und die für immer der klingende Untergrund seiner Erinnerung bleiben würde.

*

Eine Jahreszeit um die andere verging, lagerte sich ab in Schichten aus Vogelgesang, aus dem Gewisper von Wasser, Schilf und Laub, aus Windgebrause – gleichbleibend war nur das Schweigen des Vaters, in das gegen Abend der aufgeregte Pfauenschrei brach.

Und aus den Ablagerungen der Zeit wuchs, noch ganz eingerollt, ganz in sich selbst befangen, in Tobias ein Sehnen. Es war der Wunsch nach einem anderen Leben, das Verlangen, die Märchen und Sagen seiner Kindheit, Deborahs Gesänge und dunkle Gebete, die Texte, die er gelesen hatte, und seine versponnenen Träume der Wirklichkeit auszusetzen.

»›O ihr, die der Sturm erfrischt … Frische und Pfand der Erfrischung …‹« Der Erzähler steigt auf die Wälle. Und der Wind mit ihm. Wie ein Schamane unter seinen Armspangen aus Eisen:

Angetan für die Besprengung mit dem neuen Blut – nachtblau das schwere Gewand, karmesinfarbene Bänder aus gerippter Seide, und der Mantel in langen Falten niederwuchtend von den Fingerspitzen.

Er hat von dem Reis der Toten gegessen; aus ihren Baumwoll-Laken hat er ein Recht der Nutzung sich geschnitten. Aber sein Wort gilt den Lebendigen; er taucht seine Hände in die Brunnen der Zukunft.«

Sara

Als Sarah das hörte, wurde sie so traurig, daß sie sich erhängen wollte. Aber sie dachte: Ich bin die einzige Tochter meines Vaters. Wenn ich das täte, wäre es eine große Schande für ihn ...

Und Tobit kehrte zur gleichen Zeit in sein Haus zurück, als Sara, die Tochter Raguëls, aus ihrem Zimmer herabkam.

Das Buch Tobit, III, 10 und 17.

Es ist ein Abend wie viele andere, die Schwalben, Regen-
pfeifer, Grasmücken und Kiebitze, die gerade erst von
ihrer Winterreise zurückgekehrt sind, verkünden ihren
Jubel, wieder dazusein, und ihren unverdrossenen Eifer,
sich aus Moos, Reisig, Stroh und Lehm neue Wohnun-
gen auf Zeit zu bauen. Théodore steht im Hof, eine bläu-
lichgraue Gestalt, die sich kaum abhebt vom Violettblau
der Hecke. Regungslos wie ein langer dürrer Stamm
fängt er die letzten Strahlen der untergehenden Sonne
mit ein klein wenig mehr Intensität, ein klein wenig
mehr Schmerz ein als das Blattwerk um ihn her. Er
riecht in der Abendluft die Erinnerung an Annas Haar,
wiegt in seinen Händen zwei Fliederdolden – das zarte
Gewicht von Annas Brüsten. Und in diesem Augenblick
wünscht er nichts so sehr, wie ins Dunkel einzugehen,
endlich erlöst zu sein von dieser Erde, erlöst von seinem
Körper, seinem gramverkrusteten Gedächtnis – Staub
zu werden. Aber er läßt den Fliederzweig los, die weißen
Dolden federn bis auf seine Stirnhöhe zurück, er stützt
sich wieder auf seinen Stock, seufzend überquert er den
Hof und geht ins Haus. Auf der Schwelle tritt ihm Tobias entgegen, der ihn mit einem Handzeichen grüßt
und ihm zulächelt.

Zur selben Zeit – in einem anderen Haus, am Rand

einer Steilküste über dem Mündungsgebiet eines gewaltigen Stroms –, stürzt ein Mädchen mit Namen Sara aus ihrem Zimmer im ersten Stock, läuft die Treppe hinunter, eine behende schwarze Gestalt im Dämmer, und der Geruch der Tränen, die ihr übers Gesicht rinnen, ist stärker als der frische Wachsgeruch des Holzgeländers. Sie weint über ihre Schande und ihren Fluch. Auch sie wünscht sich in diesem Augenblick, für immer erlöst zu sein von dieser Erde, befreit von ihrem unheilvollen Körper, ihrer tödlichen Schönheit. Sie hat sich umbringen wollen, im letzten Moment aber versagte ihr Mut, ihre Erlösung würde ihrem Vater und ihrer Mutter, Raguël und Edna, die Hölle bringen, denn sie ist ihre einzige, über alles geliebte Tochter.

Ihre Hand gleitet das Geländer hinab, ihre nackten Füße eilen lautlos von Stufe zu Stufe, die offenen Haare fliegen um ihr Gesicht. Ein Gesicht, das ein ganz reines, sanft zugespitztes Oval ist, mit Augen leuchtend wie dunkelblaue Iris. Drei Schönheitsmale höhen ihren weißen Teint, eins unter dem linken Auge, eins am Halsansatz über dem Schlüsselbein, das dritte verbirgt sich an ihrer rechten Brust.

Sie kann nichts anfangen mit ihrer Jugend, ihrer Anmut, ihrer Anziehungskraft, ja sie verabscheut das alles. Ihr Zauber ist eine Geißel, schon siebenmal hat er den Tod gebracht. Und jetzt wird sie von den Leuten angesehen wie eine Aussätzige, eine Hexe, besonders von den Müttern heranwachsender Söhne. Erst an diesem Nachmittag hat die Frau, die seit Jahren bei ihren Eltern saubermachte, ihrer Mutter erklärt, sie kündige, sie wolle nicht mehr in einem Haus arbeiten, wo eine so unheilvolle Tochter lebe, die trotzdem immer tue, als könne sie nichts dafür. »Ihre Sara, die müßte man in einen Bunker sperren, damit keiner sie mehr sieht oder auch bloß in ihre Nähe kommt. Die ist ja genauso gefährlich wie diese radioaktiven Abfälle, die alles töten, was unglücklicherweise in ihren Umkreis kommt!« Sara hat es gehört, die Frau zischte ihre wütenden Worte zwischen den Zähnen hervor. In der Stimme der Anklägerin knisterten die Flammen der Scheiterhaufen, in die man zu Zeiten der Inquisition so viele Mädchen und Frauen wegen schwarzer Magie warf, und diese Flammen lohten in Saras Herz. Sie lief in ihr Zimmer und weinte, sogar ihre Mutter, die zu ihr heraufkam, konnte sie nicht trösten. Die Flammen züngelten in ihr. So unschuldig Sara auch war, so wenig konnte sie sich dagegen wehren, für Verbrechen, die man ihr zuschrieb, zu büßen. Nachdem ihre Mutter sie allein gelassen hatte, beschloß sie, sich zu erhängen. Sie verriegelte ihre Tür, löste die Gardinenschnur, prüfte deren Haltbarkeit und knüpfte eine Schlinge, dann stieg sie auf einen Stuhl und befestigte die Schnur am Haken der Deckenlampe. Sie stieg von dem Stuhl herunter, setzte sich auf den Bettrand und starrte nach der Schlinge.

Im Oval der Schlinge erschienen nacheinander sieben Gesichter – ihre Opfer. Sicher trug sie keine Schuld an ihrem Tod, keinen davon hatte sie gewollt, vollbracht oder auch nur gewünscht, und doch war sie unerklärlicherweise deren Ursache. Sie fühlte, daß es so war – sie empfand sich selbst als die Ursache dieser plötzlichen Tode. Denn wenn der Zufall sich allzu beständig und ähnlich wiederholt, kann man nicht länger an ein seltsames Zusammentreffen unglücklicher Umstände glauben, sondern muß darin früher oder später ein ebenso rätselhaftes wie unerbittliches Gesetz erkennen. Und dieser Zufall hier sah ganz nach verhängnisvollem Schicksal aus.

Es begann mit ihrem dreizehnten Geburtstag. Ihre Eltern bereiteten ihr ein Fest, Sara hatte mehrere Schulkameraden eingeladen. Ein Junge ihres Alters paßte einen Moment ab, als er mit ihr im Flur allein war, und küßte sie auf den Mund. Durch diesen geraubten Kuß außer Rand und Band, spielte er vor allen den Clown, trieb Späße, machte sich zum Mittelpunkt, und als die Geburtstagstorte auf den Tisch kam und Sara ihre dreizehn Kerzen ausblies, schnappte der Junge nach der dicken kandierten Kirsche, die den Kuchen krönte wie eine Matrosenmütze der Pompon, schwenkte sie triumphierend, dann warf er sie in die Luft, bog den Kopf zurück und fing sie mit dem offenen Mund auf. Er begann komisch zu fuchteln und unartikulierte Laute auszustoßen. Die anderen lachten weiter, weil sie glaubten, dies sei ein neuer Spaß, aber der Prahlhans spielte nicht mehr, er hatte sich an der süßen Kirsche verschluckt und erstickte. Auf einmal brach er vor Sara, die eine kleine silberne Kelle in der Hand hielt, zusammen. Mit geschwollenem Hals und violettem Gesicht starb er mitten im Fest vor Saras entsetzten Augen. Hatte sie, als sie ihre dreizehn Kerzen auspustete, zugleich die dreizehn Lebensjahre ihres Klassenkameraden ausgelöscht?

Im darauffolgenden Jahr hatte sie eine Ferienliebe mit einem Fünfzehnjährigen; eines Nachmittags am Strand küßten sie sich. Und schon rannte der Junge zum Meer und zog Sara mit sich unter einem Geschrei wie ein Soldat beim Angriff. Aber die Wellen gingen gewaltig hoch, Sara bekam Angst und blieb am Ufer stehen. Außerdem hatten die Rettungsschwimmer die schwarze Fahne hochgezogen, Sara wies ihren Freund darauf hin. Den scherte das nicht, dazu war er viel zu aufgekratzt, und lachend stürzte er sich ins Meer. Sara rief ihn zurück, aber das Tosen der Wellen verschluckte ihre Stimme. Ein Brecher warf den Unvorsichtigen auf den Rücken und verschlang ihn, der Wellenkamm kam bis an Saras Knie geschwappt, brach sich, rollte zurück, stieg wieder empor und wieder. Der Junge tauchte nicht mehr auf. Seine Leiche wurde erst am nächsten Tag gefunden.

Im Jahr darauf bewirkte ein Kuß, den sie einem jungen Mann, der sie wochenlang umworben hatte, gab, eine ähnliche Folge, ebenso albern, ebenso tragisch. Kaum hatte sie ihn geküßt, schäumte der junge Mann vor Freuden über. Weil sie sich unter einer Pinie umarmt hatten, kam er auf die Idee, den Baum zu erklimmen und sich den Zapfen zu pflücken, der am höchsten Ast hing, er wollte ein Andenken an diesen ersten Kuß, so himmelhoch wie sein Glück. Um ihn von seiner Verrücktheit abzubringen, las Sara am Boden einen schönen rotbraunen Pinienzapfen auf, den sie ihm anbot. Aber das verliebte Großmaul verschmähte den zu leicht erworbenen Zapfen, er wollte den vom Wipfel, den unerreichbaren. Und wie ein Kater sprang er den Stamm hinauf, krallte die Finger in die schrundige Borke und kletterte ganz gewandt. In halber Höhe wurde ihm schwindlig, er verlor das Gleichgewicht und fiel, nun aber nicht mehr geschmeidig wie ein Kater, sondern wie ein Mensch, der aus fünfzehn Metern Höhe stürzt. Und er zerschmetterte auf dem nadelübersäten Boden vor Sara, die den Zapfen so fest umklammerte, daß seine Zacken ihr die Hand aufrissen. Mit diesem Tag brach sich ein Zweifel in ihr Bahn, und sie begann eine Verbindung zwischen den drei Unfällen seit ihrem dreizehnten Geburtstag herzustellen.

Als wieder ein junger Mann um sie warb und immer drängender, immer ungeduldiger wurde, gestand ihm Sara ihre Angst – den Grund ihrer Angst. Aber der Verliebte lachte sie aus, er hielt das Ganze für Unsinn, unterstellte sogar, sie habe die Geschichte erfunden, um sich noch interessanter und begehrenswerter zu machen. Er wischte Saras Befürchtungen also beiseite und küßte sie. Und weil er Sara beweisen wollte, daß ihre Ängste pure Einbildung seien, zog er sie an sich und tanzte mit ihr einen Teufelswalzer, zu dem er lauthals sang. Außer Atem ließ er sie schließlich frei und erklärte stolz: »Na, siehst du, nichts ist passiert, keine Katastrophe hat stattgefunden. Von jetzt an küsse ich dich, soviel ich will!« Es war tatsächlich nichts passiert, wenigstens nicht gleich, und Sara faßte neue Zuversicht. Aber in der Nacht nach dem verliebten Intermezzo bekam der junge Mann heftige Kopfschmerzen, Fieber und Erbrechen. Am Morgen brachten ihn seine Eltern ins Krankenhaus, eine Meningitis wurde festgestellt, eine schwere. Der junge Mann starb noch am selben Tag.

Seitdem hielt sich Sara entschlossen allen jungen Männern fern. Sie hatte keine Zweifel mehr, sie war überzeugt, daß sie ihnen, ohne es zu wollen, ohne daß sie es irgend begreifen konnte, Unheil brachte. Die Küsse und der Tanz, die den Spuk widerlegen sollten, hatten sich in den niederschmetternden Beweis verkehrt. Dieses furchtbare Geheimnis wagte sie keinem Menschen anzuvertrauen, denn einerseits wußte sie, daß niemand sie ernst nehmen würde, schon gar nicht diejenigen, die es am meisten betraf, andererseits ahnte sie, daß die Konsequenzen, wenn man ihr glauben würde, ebenso schlimm wären – man würde ihr auf Teufel komm raus alle möglichen Untaten anlasten. Sie sah also keinen anderen Weg als verschwiegen und hartnäckig allein zu bleiben. Aber wenn sie damit auch ihre Jugend, ihr Herz gefangenhalten konnte, konnte sie doch ihre Schönheit nicht verstecken. Sie mochte sich um Unauffälligkeit bemühen, wie sie wollte, den Blicken entging sie nicht, schon gar nicht denen der Männer.

Weil sie strikt zurückhaltend blieb, galt sie als hochmütig. Manche deuteten ihre scheinbare Kälte als Heuchelei, als eine Aufforderung nämlich, sich eine ganz besondere Verführungsstrategie auszudenken. Einige junge Männer versuchten sich darin, aber so beharrlich und einfallsreich sie es auch anstellten, sie mußten sich geschlagen geben. Unter diesen abgeblitzten Verführern nun gab es drei, die sich als schlechte Verlierer und obendrein als Falschspieler erwiesen. Was sie mit Charme nicht erreichen konnten, das wollten sie mit Gewalt. Sie verfolgten und belagerten Sara, um ihr einen Kuß abzujagen, versuchten sogar sie zu zwingen. Sara konnte sich jedesmal retten, aber die drei Wegelagerer bezahlten ihre Dreistigkeit in den darauffolgenden Stunden mit dem Leben. Zwei verunglückten mit dem Auto, der dritte erlag zu Hause einem Stromschlag. Weil diese drei tödlichen Unfälle binnen weniger Wochen in derselben Gegend passiert waren und jeder der drei sich vorher in seinem Freundeskreis gebrüstet hatte, er werde sich Raguëls schöne und allzu stolze Tochter mal ein bißchen, also nicht nur ein bißchen, vornehmen, keimte bald ein Gerücht, schwoll an und lief von Mund zu Mund. Man spähte Sara aus, wühlte in ihrem Leben, ihrer Vergangenheit, erfand allerlei Geschichten, und schließlich wurde ihr jeder tödliche Unfall angelastet, der einen jungen Mann in der Gegend traf.

Saras Eltern, die bis dahin alles aufgeboten hatten, sie zu beruhigen, und die Dramen, für die sie sich verantwortlich fühlte, dem Pech, dem Zufall zuzuschreiben, konnten nicht umhin, sich nun doch Fragen zu stellen. Sie sagten der Tochter kein Wort von ihrer Bestürzung und verteidigten sie leidenschaftlich wie immer, wenn sie die Zielscheibe von Gerede und Anklagen war, aber es packte sie große Ratlosigkeit und Angst. Sie wußten, daß Sara keine Schuld hatte, daß ihr wirklich nichts vorzuwerfen war, sie waren auch keine Leute, die sich von Aberglauben übertölpeln ließen, und suchten nicht nach nebligen Erklärungen für diese Unglückskette. Aber was vermochten sie gegen die Feststellung, daß die Kette zur Lawine geworden war, daß so viele immer gleiche Zufälle zu erschreckend waren, als daß man sie einfach als Pechsträhne abtun konnte? Auf jeden Fall war ihre Tochter mit einer unheilvollen Macht geschlagen, die sich jedem Begreifen entzog und die man weder verharmlosen noch rechtfertigen konnte.

Sara gab ihr Musikstudium auf, das sie in Bordeaux begonnen hatte, und schloß sich im elterlichen Haus ein. Sie ging nicht mehr unter Menschen, getraute sich nicht einmal mehr aus dem Fenster zu schauen, damit sie ja nicht gesehen würde. Und so lief sie innerhalb der vier Wände ihres Zimmers, der Wohnräume, der Küche hin und her, lief bis zum Verrücktwerden in dem Gefängnis ihrer verderbenbringenden Schönheit.

*

Sieben Gesichter erscheinen in dem Oval der Schlinge, ihre Züge sind verschwommen, aber alle sind jung, manche noch kindlich. Und aus jedem spricht großes Erstaunen, als begriffen sie alle noch immer nicht, warum sie so früh, so jäh das Leben lassen mußten. Einer nach dem anderen taucht auf, ein wenig verstört, auch traurig, für einen Moment werden sie sichtbar, dann erlöschen sie, kehren zurück in ihr Schattenreich.

Sie haben bei ihrem flüchtigen Erscheinen nicht gesprochen, nicht einmal einen anklagenden Blick auf Sara geworfen. Sie sind nur gekommen, diejenige zu sehen, die, ohne daß es ihr bewußt war, ihre Fährfrau ins Jenseits wurde, ihre betörende junge Parze. Sie haben nicht gesprochen, aber ihre Augen, die Augen verlorener Kinder im unendlichen Nirgendwo und so voller Unglück, nicht mehr am Leben zu sein, haben Sara erschüttert. Sie stand auf, trat unter die Schlinge, die sie nur noch um ihren Hals legen mußte, um der Reihe der durch sie Gestorbenen ein für allemal ein Ende zu setzen. Aber in dem Augenblick, als sie den Stuhl besteigen wollte, blickten sie aus dem klaffenden Oval der Schlinge zwei andere Gesichter an, die ihrer Mutter und ihres Vaters. Da schrak sie zurück. Tod, Erlösung durfte sie sich nur herbeiwünschen, erhoffen, aber nicht selber sich geben. Sie löste die Schnur, warf sie zu Boden und rannte aus dem Zimmer.

*

Sara rennt aus dem Haus, hin zu den Stufen, die in das felsige Steilufer geschlagen sind, und läuft zum Ufer hinunter. Am dunkelblauen Himmel jagen graue Wolken dahin. Ein warmer Wind bläst, düfteschwer. Hoch oben steht eine dünne Mondsichel. Sara kauert sich auf die algenverklebten Felsen, umschlingt ihre Beine, legt das Kinn auf die Knie. Sie schließt die Augen und atmet tief den mächtigen Faulgeruch ein, der sich bei Ebbe verbreitet. Sie saugt sich voll mit diesem Geruch der Mündungsbucht und der sich mischenden Wasser, dem Geruch des Schlamms, der Urmaterie; sie nimmt den wilden, herben Geruch aus diesem Erdenmund in sich auf, der sich dem Ozean öffnet, diesem Mund mit den morastigen, von Geschichte und menschlichen Leidenschaften versehrten Lippen, der nach Weite, nach Ferne dürstet, diesem mit Wein- und Obstplantagen, mit Gärten und Wäldern gesäumten Mund, der, sosehr er die Freigebigkeit, Güte und Großmut der nährenden Erde preist, schweigend nach dem Unermeßlichen schreit, dem anderen, das mehr ist als er selbst. Sara lauscht diesem Jahrtausende alten Mund, der dem Meer, dem endlosen, verliebt zulächelt, und ihr Herz belebt sich wieder. Sie löst die Arme und streckt sich nieder auf den Tang.

Sie verhält ihren Atem, und langsam beruhigt sich ihr Puls, pendelt sich ein auf den der Elemente. Sie blinzelt, dort oben, hoch am Himmel, in diesem dunklen, immer dunkler und dichter werdenden Blau steht die dünne Mondsichel. Ein zartes Horn weißen Lichts, doch auf der Stirn welches unsichtbaren Tieres? Oder eine von einem Traum geblendete Wimper, doch von wessen Lid? Oder aber ein Apostroph, der für die Auslassung jedes anderen Zeichens steht – ein absoluter Apostroph, an den reinen Himmel gesetzt, der einlädt zum Schweigen, zum Warten, zur Geduld.

Sara schließt die Augen, ihre Tränen sind versiegt. Ihre Ohren nehmen immer feinere Geräusche wahr – das glucksende Wasser in den vielen Felsmulden, durch die winzige Tierchen paddeln, das ferne Bellen von Hunden, die wachsam in die Dunkelheit wittern, verworrene Stimmen, Lachen von Leuten, die oben auf dem Kliff gehen, und die seltsamen, an Trommelwirbel erinnernden Töne der dünnen Rinnsale, die über die Felsenbänke ins Wasser fallen.

Allmählich werden die Geräusche noch feiner. Von den Büschen und Sträuchern, die sich an die Felsen des Steilufers klammern, gehen unterschiedliche Töne aus, mal höher, mal tiefer, mal lauter, mal leiser, das pflanzliche Rauschen zerfällt in viele einzelne Stimmen. Jedes Blatt hat sein eigenes Vibrato, klingt aber mit den anderen überein und fügt sich in die Gesamtmelodie. Sara hört auf dieses mehrstimmige Konzert, in dem sich äußerste Zurückhaltung und heftigstes Ungestüm verbinden, und ahnt, daß dieser feine Gesang das Werk einer unermeßlichen Geduld, einer schönheitstrunkenen Demut ist – so einmalig und einzigartig jedes Blatt, jeder Zweig auch sei, nicht anders als jeder Wassertropfen im Meer, sie vibrieren nicht für sich, sind nicht auf sich allein bezogen, sondern überlassen sich selbstvergessen dem Wind und erdulden es, beinahe nichts zu sein. Ein ganz kurzlebiges Beinahe-Nichts, das ohne erkennbaren Grund noch Notwendigkeit gesprossen ist und mit Anmut rauscht. Sara empfindet die geheimnisvolle Fruchtbarkeit dieses Selbstvergessens, der Selbstentsagung, und ergibt sich der Leere. Sie hat sich nicht umgebracht, dafür versucht sie, wenigstens ein kleines bißchen, sich von sich selbst abzubringen. Sie ist nur noch eine Alge auf Felsengrund, eine kleine dunkle Alge unter Unmengen anderer.

Im Hintergrund erklingt noch ein anderer Gesang, sehr viel dumpfer, sehr viel mächtiger. Es sind die Wasser der Dordogne und der Garonne, die, noch um alle ihre Nebenflüsse aus den Bergen angeschwollen, zusammen meerwärts strömen und sich den Gezeiten unterwerfen. Von der Quelle bis zum Bach, vom Wasserfall bis zum Fluß und vom Strom bis zum Ozean – wie viele Wasserläufe haben sich da unterwegs vereinigt, haben auf ihre eigene Melodie verzichtet und sind zu einem Fädchen in einem immer größer werdenden Gewebe, zu einer Stimme in einem gigantischen Chor geworden? Und Sara erkennt, daß das Wasser noch weit mehr als Pflanzen und Blätter Bescheidenheit, Großmut und Selbstentsagung zu lehren vermag. Denn von den Wolken bis zu den Felsen, von den Felsen bis zur Mündung, von der

Grotte bis ins weite Meer gibt es so viele Irrwege, Hindernisse und Mäander und soviel Verzicht. Was bleibt von dem reinen, frischen Quellwasser in der schlammigen Mündung übrig, was bleibt von all den durchlaufenen Landschaften, all den Dörfern und Städten am Weg in dem riesigen Mündungsgebiet? Eine verschwommene und dennoch prägende Erinnerung, so gut wie nichts und trotzdem das Wesentliche: die eigensinnige Kraft der Fortbewegung, das pure Wollen, woandershin zu gehen, immer und immer weiter; es bleibt das Wunder der Bewegung, das ständige Fortstreben von sich selbst und das Ungestüm des Gesangs, sei er hoch oder tief, sei er Plätschern, Brausen oder Tosen.

Sara lauscht diesem eindringlichen Gesang des Vergessens, und sie nimmt die Geräusche nicht mehr nur mit dem Gehör, sondern mit ihrem ganzen Körper wahr, mit jeder Pore ihrer Haut, mit jedem Herzschlag. Sie betet, ohne es zu wissen, vielmehr betet ihr Körper. Und ihr Mund, dessen Küsse immer wieder Siegel des Todes waren, ihr Mund, der nach Salz und Algen schmeckt, entläßt seine Klage und seine Betrübnis stumm in den Abendwind, ohne ein Wort. Er ist nur noch ein stilles Flehen zum schwarz gewordenen Himmel, den in regelmäßigen, kurzen Abständen der Strahl des fernen Leuchtturms von Cordouan durcheilt.

Der Gefährte

Tobias ging auf die Suche nach einem Begleiter
und traf dabei Rafael; Rafael war ein Engel,
aber Tobias wußte es nicht. Tobias bat ihn:
Wart auf mich, ich will es meinem Vater sagen.
Der Engel antwortete ihm: Geh, aber halte
dich nicht auf!

Das Buch Tobit, V, 4, 7–8.

Eine dünne Mondsichel glimmt über dem Moor. Die Nacht ist schwarz, unermeßlich.

Unter dem hohen Himmel duckt sich ein Haus. Dann und wann bricht ein Schrei die Stille, die Schleiereule ist zur Jagd nach Wühlmäusen, Spatzen und Fröschen ausgeflogen.

Ein Fenster leuchtet in der Nacht. Durch das Fenster sieht man zwei Gestalten im Profil. Sie sitzen sich an einem Tisch, im Schein einer Lampe gegenüber. Ihre Gesten sind langsam und haben den gleichen Rhythmus. Die zwei sind beim Abendbrot; leicht über ihren Teller gebeugt, führen sie bald einen Löffel Suppe, bald ein Stück Brot zum Mund. Das Lampenlicht bescheint ihre Stirnen, ihre Hände. Unter dem Tisch liegt ein Hund unbestimmter Rasse, sein dichtes Fell hat die Farbe von dunklem Elfenbein. Er schläft, und manchmal seufzt er in seinem Hundetraum.

Die Speisenden heben den Kopf, tupfen sich mit einer Serviette den Mund, sie haben ihre Suppe aufgegessen. Die zwei sind Vater und Sohn. Der eine hat weiße Haare, der andere lockige braune. Ihre Augen sind vom seidigen Licht des Himmels über dem Moor, von Wolken und Nebeln poliert, ihre Münder sind gesättigt vom Wind, von Vogelschreien und Schweigen. Von Schweigen vor allem.

Sie reden nicht viel miteinander, nicht, weil sie sich nichts zu sagen hätten, sie haben einfach nicht das Bedürfnis, jeden Gedanken, jede Empfindung, die ihnen kommen, in Worte zu fassen. Meistens drücken sie sich durch eine Kopfbewegung, ein Handzeichen, einen Blick oder ein Lächeln aus. Der Sohn ist im Schatten eines Vaters aufgewachsen, der lange wie gestorben war, so gut wie stumm, unerreichbar in seiner gewaltsamen Bewegungslosigkeit. Er ist aber auch aufgewachsen im Lichtkreis einer Urgroßmutter, die mit immer vollerer, reinerer Stimme zum Gedenken ihrer Toten sang, in der unwandelbaren Erwartung, vor Gottes Angesicht zu treten. Seine Worte hat sich der Sohn aus Büchern geholt, hat sie sich angeeignet, sich erobert. Nicht einfach nur gedruckte Wörter auf Papier, nein: Algen, die sich durch Feuer und Wasser schlängeln, eherne Peitschen, Auswurf und Schleim, schillernd wie Quarzkristalle, wie aus der Erde gebrochener Flint, Sternensplitter im bläulichen Ton, Staubkörner, herangetragen aus fernen Räumen mit so schönen Namen wie Wüste, Steppe, Pampa und Milchstraße, herangetragen aber auch aus den Straßen und Höfen der Elendsviertel. Wortmaterie, die das Kind an seinem Ohr, in seinem Herzen zum Klingen brachte, die der Heranwachsende von hohen Bäumen in die Lüfte schrie, damit sie wie kreisende Windräder das erdrückende Schweigen durchschnitten, das ihn von den Toten trennte.

Ein Fenster leuchtet in der Nacht. Die Schleiereule streicht übers Ziegeldach und stößt mit gellendem Schrei hinab ins Buschwerk. Der Hund unterm Küchentisch hebt den Kopf, stößt ein leises Knurren aus, dann sinkt seine Schnauze wieder auf seine Pfoten. Der Vater liest die Brotkrumen vom Tisch und wirft sie auf seinen Teller, auf dem sich eine rote Apfelschale um die Messerklinge ringelt. Tobias leert sein Glas und will aufstehen, Théodore bittet ihn, noch einen Augenblick dazubleiben. Er habe ihm etwas zu sagen. Zuerst ruft er ihm ins Gedächtnis, wie arm sie durch sein langes Siechtum geworden seien, betont aber zugleich, daß diese Armut den Sohn nicht zusehr bekümmern solle, man müsse sich nur danach einrichten und entsprechend handeln. Dann teilt er Tobias mit, daß er früher einmal eine bedeutende Geldsumme verliehen habe an einen Freund, der jetzt in Bordeaux wohne. Seiner Krankheit wegen habe er seine Geschäfte ebenso lange vernachlässigt wie seine Freundschaften, doch halte er die Zeit für gekommen, wieder ein wenig Ordnung in sein Leben zu bringen, und deshalb beauftrage er Tobias, dieses Geld zu holen. Sofort erklärt Tobias, daß er zu einer solchen Aktion kein Geschick habe, aber Théodore ermuntert ihn, erzählt ihm von dem Mann, den er als ehrenhaft kenne, außerdem habe er schon einen Brief geschrieben und die nötigen Unterlagen vorbereitet, die Tobias bei seinem Besuch vorlegen solle.

Daß Théodore sich endlich entschlossen hat, seinen Sohn nach diesem Geld auszuschicken, hat nicht nur den Grund, daß seine finanzielle Situation tatsächlich sehr schlecht geworden ist, er spürt vor allem, daß seine Tage gezählt sind und er sich um die Zukunft seines Sohnes kümmern muß. Er will ihn mit einigem Geld absichern, aber auch ein bißchen lebenstüchtiger machen, indem er ihn aus diesem Netz von Flüssen, Gräben, Conches und Kanälen stößt, in dem er geboren und aufgewachsen ist, ihn für eine Zeit diesen weltverlorenen, umwucherten Wasserarmen entreißt, die ihn von Kind an gewiegt haben, diesen so lindgrünen, morastigen Armen. Tobias ist mit den Weiden, Eschen, Pappeln und Erlen verwandt, er kennt alle Tiere im Wasser, in Dickicht, Schilf und Wald, er ist vertraut mit dem Wind, weiß seine leisesten Töne, seine verschiedenen Gerüche je nach Tagesstunde und Jahreszeit zu deuten. Aber er soll auch lernen, in den Gesichtern zu lesen, die nur zu oft Masken tragen, und in den meist so verwinkelten Herzen der Menschen. In die Städte soll er gehen, durch Straßen laufen und ihre Gerüche aufnehmen, er kann nicht nur in den scharfen oder herben Düften von Wasserminze und Engelwurz schwelgen.

»Es wäre nicht schlecht, wenn du dir für diese Reise einen Gefährten suchst«, meint Théodore. – »Bis ich den finde, ist dein Freund längst gestorben und dein Geld verschimmelt«, sagt Tobias, denn er hat keine Gefährten, keine Kameraden, nur gute Bekannte im Dorf. – »Es wird Dir schon einer über den Weg laufen«, sagt Théodore. Und sie schweigen wieder, jedes weitere Wort wäre überflüssig. Tobias steht vom Tisch auf und räumt ab. Der Hund schüttelt sich und beginnt in der Küche zu schnuppern, dann stellt er sich an die Tür in der Erwartung, daß ihn jemand hinausläßt. Es ist Zeit für seine letzte Runde.

*

Ein Krach ist das in dem Wäldchen: das klappert und knarrt, das schnattert und kreischt, man hört komisches Gegluckse, dunkles und schrilles Krächzen, Flügelschlagen, Keckern und sogar eine Art idiotisches Gelächter. Es ist aber kein Mensch da außer Tobias, der sich mit aller Vorsicht über den schwammigen Boden bewegt, zwischen Gesträuch und Farnen und leuchtendblauen Blumen. Doch geht der Krach auch nicht vom Boden aus, er kommt aus der Höhe. Alle Bäume tragen Nesterkronen aus Schilf und Gezweige, und darüber herrscht reges Treiben. Die Fischreiher fliegen aus und ein, tragen Frösche, Schnecken, Aale oder Insekten im Schnabel, die sie ohne Unterlaß ihren unersättlichen Jungen bringen. Ein schwarzer Milan hat sich in ihrem Revier eingenistet und hockt in einem der höchsten Baumwipfel; er lauert darauf, daß ein Nest einmal unbewacht ist, weil beide Eltern auf Futtersuche sind, denn käme diese Gelegenheit, würde er hinabstoßen auf die schreiende Brut, sich eines der flaumigen, warmen Fleischbällchen schnappen und es seinem eigenen gefräßigen Anhang vorwerfen. Aber die Weibchen sind auf der Hut; den Hals gereckt, lassen sie ihn nicht aus ihren runden, gelben Augen, bereit, ihre Nachkommenschaft mit Hieben ihrer dolchspitzen Schnäbel zu verteidigen. Also geht der schwarze Milan mangels Besserem im Sturzflug zu Boden, sammelt ein paar Fischreste auf, Rumpfstücke von Aalen oder Schlangen, die die Fischreiherjungen ausgewürgt haben, oder ein zerschelltes Junges, das aus dem Nest gefallen ist. Jeder will den Hals voll haben, dafür wird auf Leben und Tod gekämpft, dafür wird geraubt. Im Revier der Fischreiher belauert einer den anderen, fiebrig vor Hunger, Sorge und Gefräßigkeit. Jeder bekriegt jeden erbittert und blutig, für seinen Bauch und sein Leben.

Lange beobachtet Tobias aus dem Unterholz das luftige Ballett der Stelzvögel und die Späherkunst des schwarzen Milans. Die Schönheit des Fluges all dieser Vögel kommt von ihrer Gier und Grausamkeit. Genauso ist es mit den Insekten, mit den Wassertieren. Es ist überall in der Natur das gleiche, und sogar am Himmel leuchten die Sterne am hellsten, die am Erlöschen sind. Und bei den Menschen, wie ist es da? fragt sich Tobias, während er sich von dem Wäldchen entfernt, wo der Spektakel weitergeht. Schönheit, so ahnt er, entsteht und wächst aus schwierigen Kämpfen, aus Wirren, Schmerzen und manchem Verzicht. Die Pracht des Moors im Winter zur Zeit des Hochwassers, wenn Bäume und Büsche mit einem Spitzenwerk aus Reif und Nebel überzogen sind und die Wiesen voll Wasser stehen, in dem der Himmel seine silberne Blässe spiegelt und seine Helle schärft – was ist diese Pracht, wenn nicht auch blanke Gewalt gegen die Erde, das Gras, die Baumrinden? Und der Prunk des Feuers, wenn die Flammen mit karminrotem Geprassel emporzüngeln in einer Aura aus goldenen Funken und Dunkel, wenn sie in sprühender Kaskade aufsteigen wie eine umgekehrte Quelle – heißt dieser Prunk nicht auch, daß Materie zermalmt und gefressen wird?

Jedes Element hat Abgründe, Dünungen, Stürme, aus denen Schönheit entsteht; die höchsten Verheißungen, die verwegensten Bekundungen von Schönheit aber birgt das fünfte, das immaterielle Element, die Sprache –

Gewitter an Schönheit. Wie oft ist es Tobias geschehen, daß ihn der ungeheure Atem der Sprache ins Herz traf, ihn fast umwarf oder doch in ein Außersichsein zwischen Unheil und Ekstase versetzte. Manchmal genügen ein paar Gedichtzeilen, ein Satz Prosa, und die Zeit steht still, entläßt ein Moment aus ihrem andauernden Fluß, und in die trübsinnige Partitur der Zeit tritt ein morgendlich schwingendes Schweigen.

Aber mit einemmal taucht ein sichtbares Gedicht vor Tobias auf und bringt eine unerwartete Note in die Partitur des Tages. Am Rand eines Weihers tanzt ein Silberreiher, ein blendendweißer. Er ist nicht auf Brautschau, sein Tanz dient keinem Zweck, er tanzt aus schierer Freude. Langsam, voller Grazie dreht er sich im Kreis, biegt seinen Hals, wiegt seinen Kopf, hebt seine Flügel mit den gefransten Federn wie schäumende Wellen.

So einsam er ist, tanzt er doch nicht für sich allein, er tanzt für das schimmernde Licht, das vom Himmel und aus dem Wasser kommt, tanzt für den Wind und die Weite – der Nomade ist soeben zurückgekehrt aus Südafrika. Er kommt von noch viel weiter her – oder von ganz nah, Tobias erinnert sich an den Silberreiher, der aus dem Ufergras des Mignon aufflog vor fast zehn Jahren, an jenem Nachmittag, als Deborah wenige Tage vor ihrem Tod einen Stein ins Wasser warf. Und auf einmal steht ihm das leuchtende, runzlige Gesicht der alten Frau vor Augen, wie der Mond, wenn er aus den Wolken tritt. Dieser weiße Silberreiher kommt von einer Lichtung seiner Kindheit, und sein Tanz ist eine Erinnerung an Deborahs Lächeln. Und ein vergessener Name, ein

Name, den sie an ihrem letzten Sabbatabend genannt hat, steigt aus seinem Gedächtnis: »Gebe Gott, daß du wirst wie Mejdele«, hatte Deborah gesagt, als sie ihre Hände auf seine Stirn legte. Aber er weiß immer noch nicht, wer Mejdele ist.

Er schaut dem Vogel aus gebotener Entfernung zu, um ihn nicht zu verschrecken, aber da sieht er, daß ganz nahe dem Tier jemand sitzt, und er staunt: Silberreiher halten sich normalerweise nicht in menschlicher Nähe auf. Durch die Gegenwart dieses anderen ermutigt, nähert er sich leise dem Weiher. Der Vogel dreht eine letzte Runde, dann erhebt er sich und fliegt auf. Tobias verharrt, sieht den Silberreiher übers Schilf dahinschweben und bald darauf verschwinden. Er ist ergriffen, obwohl er sich nicht wundert, Schönheit kommt immer unerwartet, lodert und vergeht. Schönheit folgt keiner Regel, sie ist unvorhersehbar und scheu wie die Vögel, ihre Boten.

Schon wendet er sich zum Gehen. Er will den Wanderer nicht stören, der dort am Weiher sitzt. Aber der andere fängt so vergnügt an zu singen, daß Tobias sich umsieht. Der Fremde winkt ihm. Nach einigem Zögern geht Tobias auf ihn zu. Einem, der einen Silberreiher nicht verschreckt, kann man wohl trauen, sagt er sich.

Ist es ein Mann oder eine Frau, fragt sich Tobias, während er sich dem Weiher nähert. Der andere hat lange braunrote Haare, die golden schimmern, zum Pferdeschwanz gebunden. Er hat ein weißes Hemd ohne Kragen an und verwaschene graue Jeans. Er ist barfuß und spielt mit den Zehen im Gras. »Guten Tag«, sagen beide gleichzeitig.

»An diesem Weiher geht es ja munter zu«, sagt der Fremde. Seine Stimme ist zugleich rauh und sanft. »Hier nisten Goldammern, eine Natter habe ich schlängeln sehen, Frösche springen, Libellen und Bienen schwirren, ein Silberreiher hat hier getanzt, und jetzt kommen Sie.« – »Ich heiße Tobias«, sagt dieser, fast so, als wolle er sich abgrenzen von den aufgezählten Tieren und Insekten. »Und ich Rafael.« Und nachdem der andere sich vorgestellt hat, räkelt er sich, dann wirft er sich bäuchlings ins Gras und stützt sich auf seine Ellenbogen. Tobias fällt auf, daß er am Handgelenk keine Uhr trägt. »Wollen Sie ein Wunder?« fragt Rafael, halb ausgestreckt. – »Ein Wunder?« wiederholt Tobias, ein bißchen verdattert über ein solches Angebot. – »Ja, die machen sie in dieser Gegend ganz besonders gut«, sagt der andere, indem er sich umdreht, nach dem Campingsack neben sich greift und daraus eine Tüte mit Krapfen hervorholt, zartes gezacktes Gebäck, bestreut mit Puderzucker. Tobias nimmt sich einen Krapfen und beißt hinein. »Ist doch ein hübscher Name für so was Feines, nicht?« sagt Rafael und beißt auch in ein knuspriges ›Wunder‹.

Tobias setzt sich zu ihm, beide kauen schweigend. »Von woher kommen Sie?« fragt Tobias schließlich. – »Von hier, von da, woher der Wind weht, wie die Vögel, die Pollen.« – »Vögel haben immer einen Ursprungsort und ein bestimmtes Ziel«, entgegnet Tobias. – »Mein Ursprungsort ist ebenso fern wie nah, und mein Ziel wird bestimmt von meinem jeweiligen Herzschlag, von der Himmelsfarbe und meinen Begegnungen unterwegs. Aber wo ich auch hingehe, entferne ich mich doch nie von meinem Ursprungsort.« – »Geographisch gesehen, ist das nicht sehr präzise, klingt eher wie ein Rätsel«, sagt Tobias. – »Das scheint nur so, ich bin überaus präzise. Ich weiß immer, was ich will; und was ich weiß und kann, das will ich mit Leidenschaft.« Tobias ist betreten – er hat sich noch nie gefragt, was er wirklich will. Sicher gibt es in ihm ein großes Verlangen, aber dieses Verlangen ist noch so unklar, es ist ein Wollen im Frühstadium, eine ungerichtete Kraft, ein glimmendes Feuer. Und mit einemmal verspürt er einen leisen Groll gegen sich, er findet sich ziemlich kleinmütig. Rafael reißt ihn aus seinem Verdruß. »Morgen breche ich wieder auf«, sagt er »ich möchte mir La Rochelle ansehen. Sie kennen die Stadt sicher gut, nehme ich an?« – »Nicht so gut, nein«, gesteht Tobias; seit dem Schulausflug damals ist er nicht mehr dort gewesen. Und an die Stadt selbst kann er sich kaum erinnern, für ihn besteht sie eher aus einem zusammengewürfelten Bestiarium: ein sagenhafter Wal, alle möglichen Fische hinter den Scheiben eines Aquariums, eine Giraffe mit einer Schattenkrone, Vogelskelette, Geweihe, ein schwebendes Krokodil, vor allem aber grinsende Menschenschädel mit Tätowierungen – und eine Statue mit zwei Köpfen. Tobias sieht all diese Kuriositäten an seinen Augen vorüberhuschen, nur die kleine Figur hält kurz inne, leuchtet auf und sendet ihm aus der halben Vergessenheit, in der sie versunken war, einen flüchtigen Gruß. »Moaï Kava Kava«, murmelt er mit einem Lächeln, als hätte er nach Jahren zufällig einen alten Bekannten getroffen, aber er besinnt sich auf die Frage und sagt: »Nein, ich kenne sie kaum.« – »Hätten Sie nicht Lust, ein bißchen mit mir dort herumzustromern?« schlägt Rafael vor. Überrumpelt, fängt Tobias an zu stottern: »Na ja … eigentlich müßte ich ja nach Bordeaux«, denn plötzlich fällt ihm der Auftrag ein, den sein Vater ihm gegeben hat und vor dem er sich lieber drücken würde. – »Wunderbar«, sagt der andere vergnügt, »kommen Sie mit, wir ziehen die Küste entlang, von einer Stadt zur anderen.« Tobias sieht ihn etwas erstaunt an und sagt: »Der kürzeste Weg ist das aber nicht …« – »Na und? Kürzeste Wege sind selten die besten, Umwege sind meist viel interessanter. Seien Sie vorsichtig mit geraden Strecken, die sind langweilig zum Einschlafen. Na ja, Geschmackssache, ich bin für Mäander, für das Unerwartete – Umwege eben.« Tobias spürt, daß er nicht zögern, nicht lange überlegen darf, und gegen eine Anwandlung von Panik stößt er hervor: »Also gut, machen wir die Reise gemeinsam.« Rafael springt auf, nimmt seinen Campingsack, den er sich über die Schulter wirft, und sagt: »Gehen wir?« Wieder ist Tobias überrumpelt, ihm geht das alles zu schnell. »Warten Sie«, sagt er, »ich muß vorher noch nach Hause, ich muß meinem Vater Bescheid sagen und ein paar Sachen mitnehmen. Kommen Sie mit, ich stelle Sie meinem Vater vor.« – »Gerne, und da wir die Reise zusammen machen, duzen wir uns doch.« Und Tobias nickt.

*

Sowie sie in den Hof kommen, stürzt ihnen mit Gebell der Hund entgegen, er springt an Tobias hoch und leckt ihm die Hände, dann wendet er sich Rafael zu und begrüßt ihn ebenso. »Normalerweise ist er mißtrauisch gegen Fremde, er knurrt jeden an, den er nicht kennt«, wundert sich Tobias. – »Hunde begrüßen mich immer freundlich, nur Menschen benehmen sich manchmal wie die Wildgewordenen.«

Sie betreten das Haus. Gedämpfte Musik, melancholisch, mitreißend, dringt durch die Tür des Wohnraums. Mehrmals erklingt über dem Fond der Streicher eine kleine Glocke, dann fällt ein fremder Klang in die musikalische Träumerei – es sind die metallischen Schläge der Wanduhr. Sie schlägt elf. Tobias öffnet die Tür zum Wohnzimmer. Théodore sitzt im Sessel, ein Buch auf dem Schoß. Er ist eingenickt, sein Kopf liegt auf die Schulter geneigt. Pudriges, strohfarbenes Licht schwebt durchs Zimmer. Die Musik steigert sich in immer eindringlicheren Phrasen, bis sie sich in leisem Glockenklingeln verliert. Das Radio bringt ein Werk von Arvo Pärt, *Cantus in memoriam Benjamin Britten*. Tobias nähert sich leise dem Sessel, legt seinem Vater eine Hand auf die Schulter und streicht über sein Gesicht. Rafael wartet auf der Schwelle, neben ihm steht der Hund, der sich an seinem Bein reibt. Das Radio bringt noch weitere Stücke von Arvo Pärt, jetzt *Festina Lente*; die Musik entfaltet sich in bald kristallinen, bald schattigen Wellen, umgaukelt, umklingelt das Schweigen zwischen Dunkel und Licht, bald schwirren die Klänge durcheinander, bald läutern sie sich.

Théodore öffnet die Augen, sein Blick ist noch sekundenlang traumverloren, dann lächelt er Tobias zu. »Ach, du bist es …«, sagt er. Seine Stimme ist voll großer Müdigkeit. »Ja. Ich möchte dir jemand vorstellen, einen Freund. Wir gehen zusammen auf die Reise nach Bordeaux, wie du es wolltest. Er heißt Rafael.« Nun tritt der

andere vor und begrüßt den alten Mann. Sein Händedruck ist so warmherzig, daß Théodore eine leise Verwirrung verspürt, wie wenn ein Schauer von Frische und
Licht durch seinen leidenden Körper strömte, und sofort denkt er, daß Tobias da einen vortrefflichen Gefährten gefunden hat.

Eine Weile reden die drei, dann essen sie etwas. Nach
dem Essen übergibt Théodore seinem Sohn den Brief
und die Dokumente, die er bereitgelegt hat, wiederholt
einige Ratschläge, und schließlich begleitet er Tobias
und Rafael bis zur Landstraße. Der Hund folgt ihnen
auf den Fersen und wedelt freudig. »Soll er doch mitkommen«, sagt Rafael, »ein Hund quält sich nie mit
Fragen, er wittert alles und entscheidet prompt, was gut
und was schlecht ist. Ein Hund ist die beste Gesellschaft.« Und so machen sie sich zu dritt auf den Weg.

*

Die große Erregung, in die Valentine einst verfallen war,
als sie Annas Tod erfahren hatte, war nach und nach ge-
sunken. Sie stob nicht mehr in alle Richtungen und bab-
belte wie ein unruhiger Säugling, sie beschmierte ihr
Spiegelbild nicht mehr mit Lippenstift, sie war einfach
still geworden. Krankhaft still. Sie hatte jedes Verlangen
zu reden verloren, nichts raunte mehr in ihr; Wolken,
Wind, Bäume, Jahreszeiten und Himmel brachten sie
nicht mehr zum Träumen. Arthur hatte gewonnen, er
hatte ihren kindlichen Geist zerstört, die Welt war für
sie entzaubert, ihre Geduld war nur noch ein dumpfes
Dahinsiechen.

Sie ging nicht mehr aus dem Haus, verdöste Tag um Tag auf einem Küchenstuhl. Sie führte das Leben einer Strafgefangenen, so als müßte sie ein Verbrechen büßen, das sie sich nicht verzieh. Vielleicht das Verbrechen, noch auf der Welt zu sein, während Anna, der sie ihre ganze unerfüllt gebliebene mütterliche Liebe geschenkt hatte, mitten in ihrer Jugend und Schönheit gestorben war.

Die alte Deborah war zu ihr gekommen und hatte versucht, sie ins Leben zurückzurufen, auch Nachbarinnen hatten sie aufmuntern wollen, aber vergebens, Valentine blieb unerreichbar, niemand konnte ihre Aufmerksamkeit wecken, sie hob nicht einmal den Blick. Es schien das beste, sie in ein Heim zu bringen, aber Arthur sträubte sich dagegen, und um Besuche überhaupt zu verhindern, sperrte er seine Frau jedesmal ein, wenn er das Haus verließ.

An diesem sonnigen Nachmittag aber, an dem Tobias in Gesellschaft Rafaels und des Hundes auf die Reise geht, hebt Valentine plötzlich den Kopf, steht auf von ihrem Stuhl und stößt einen Seufzer aus, als ob sie aus einem bösen, dumpfen Traum erwache. Sie schüttelt die Starre aus ihren Gliedern, steigt hinauf in ihre Kammer, wechselt die Kleider und kämmt ihr Haar. Dann geht sie hinunter in die Küche; die Schränke, die sie öffnet, sind ziemlich leer, die Gerätschaften schmutzig. Sie wäscht eine Kasserolle, eine Schüssel und bringt eine Tüte Weizenmehl, Puderzucker, Salz, zwei Eier, Butter, einen Topf Milch auf den Tisch. Sie kramt noch einmal, weil sie zu dem Kuchen, den sie backen will, unbedingt noch zwei Zutaten braucht, Mandeln und gemahlenen Zimt. Endlich findet sie beides in einer mit Stechpalmenzweigen verzierten Blechbüchse. Sie schmilzt die Butter, gibt Zucker hinzu, dann Eier, Mehl, Mandeln und Zimt. Sie schlägt den Teig, bis er ganz glatt ist, bestreut ihn mit Mehl, breitet ein Tuch darüber und läßt ihn ruhen. Und beim Warten singt sie vor sich hin.

Sie rollt den Teig aus, legt ihn in eine Ringform, bestreicht ihn mit einem Gemisch aus Milch, Zucker und Zimt und schiebt ihn in den Ofen. Wieder wartet sie – ganz wie früher, wenn sie Speisen oder Gebäck nach den Rezepten ihrer Mutter und ihrer Großmutter Deborah bereitete. Ganz wie früher, wenn sie sich freute, daß Anna und der kleine Tobias zu Besuch kamen.

Sie zieht den Kuchen aus der Backröhre, löst ihn aus der Form, läßt ihm aber keine Zeit auszukühlen. Sie hüllt ihn in Papier, dann in ein Leinentuch, dann schlägt sie einen Wollschal darum. Sie reinigt die Küche, räumt alles auf, nimmt den Schal mit dem Kuchen, verknüpft die Zipfel und hängt ihn sich um den Hals; der Schal hängt schräg über ihrer Brust wie ein Bettelsack. Sie geht zur Tür, aber die ist von außen abgeschlossen, also klettert sie zum Fenster hinaus, die Läden schiebt sie hinter sich zu. Und sie geht davon.

Das Tageslicht blendet sie, zuerst tappt und tastet sie sich vorwärts und taumelt ein bißchen in der warmen Brise und den vergessenen Gerüchen. Sie treibt mehr dahin, als sie schreitet, das Gras kitzelt ihre Knöchel, sie lächelt, ein schwaches, aber friedliches Lächeln, und wieder fängt sie leise an zu singen.

Allmählich gewöhnt sie sich an das Tageslicht und an die Freiheit, sie sieht, daß bei jedem Schritt Wolken kleiner Schmetterlinge vor ihr auffliegen, gelbe oder weiße, die dicht übers Grün hin flattern, und daß zwischen den Gräsern zarte, tiefblaue Libellen auf und nieder schwirren.

Still ist dieser Erdentag, still und strahlend. Valentine hat Abschied genommen von ihrer langen Nacht, ihrer Angst. Sie ist schon alt, und ihre Gesundheit ist anfällig nach dem jahrelangen Eingeschlossensein, aber sie spürt die Last des Alters nicht. Das Leben, das solange in ihr geschwiegen, ja fast stillgestanden hat, gewinnt in unmerklichen Wellen wieder die Oberhand. Sie hat kein Gepäck, kein Geld in der Tasche, und weiß nicht, wohin sie geht. Das kümmert sie auch nicht, sie geht einfach. Sie ist eben erst geboren; nach Tausenden Tagen im Larvenzustand ist für sie endlich der Augenblick gekommen, in die Freiheit zu schlüpfen. Es schert sie wenig, wie lange dieses neue Leben dauern wird – für sie ist es ewig.

Valentine geht die Landstraße, die auch Tobias geht, aber in entgegengesetzter Richtung, und auch sie bricht ins Blaue auf. Sie verspürt keinen Hunger, keinen Durst, keine Ermüdung, nur die Freude, so hinausgerufen zu sein, heraus aus sich und fort von sich, erlöst aus Schrecken und Buße. Und dann trägt sie diesen noch ganz warmen, duftenden Kuchen bei sich. Den hat sie gebacken für Anna, für ihre Mutter, für Violette und Deborah, für alle Frauen ihrer Familie. Es ist ein Willkommenskuchen, zum Willkommen denen, die nicht mehr sind, die im Geheimnis des Nicht-Seins wohnen, aber die sich ihrer an diesem Tag erinnert und sie aufgefordert haben, von ihrem Stuhl aufzustehen und zurückzukehren zu den uralten Bräuchen der Küche, des Nahrungsopfers. Es ist ein Dankeskuchen, und sie zieht aus, ihn mit den vier Frauen zu teilen, die sie geliebt hat und die sie unsichtbar begleiten.

Groß ist der Abend, der sich über die Erde senkt, groß und ahnungsvoll. Valentine geht dem Geheimnis ihres Herzens, den Quellen ihrer Erinnerung entgegen.

Gegen Abend kommt Arthur nach Hause. Er sieht den Stuhl, auf dem sich Valentine vor Trübnis und Trauer verzehrte. Der Stuhl steht leer, aber auch die Küche, das ganze Haus, Hof und Schuppen sind leer. Er durchforscht jeden Winkel, brüllt Valentines Namen, er flucht und geifert vor Wut, er kann sie nicht finden. Wieder in der Küche, nimmt er etwas wahr wie Kuchengeruch, aber kein Kuchen ist da, nichts. Er versteht das alles nicht, doch ihm schwant, daß Valentine ein für allemal weggegangen ist. Da fängt er an, schreiend rund um den Stuhl zu rennen, er schwingt die Faust und stößt eine Drohung nach der anderen hervor.

Er rennt aus dem Haus, verrammelt sich im Brennofen. Dort hat er Flaschen in Reserve, er entkorkt eine und setzt sie an; kaum ist sie leer, zerschmettert er sie an der Ofentür und öffnet die zweite, die er wieder in einem Zug austrinkt, dann die dritte, und er klettert auf seinen Hochsitz. Da fuchtelt er so lange, bis sein Sitz kippt und er zu Boden stürzt; er bleibt im Staub zwischen den Scherben liegen und fällt in den Schlaf des Säufers.

Er schläft bis nach Mitternacht. Als er aufwacht, hat er ein großes Getöse im Kopf, Glasscherben, Geschrei, Feuer. Er geht in sein Haus, der Stuhl ist immer noch leer. Da steigt er die Treppe hoch und wühlt in Valentines Schrank, aber er findet nicht, was er sucht; er geht in die Rumpelkammer, öffnet Kisten und Kasten. Endlich entdeckt er es, Valentines Hochzeitskleid, seit fast einem halben Jahrhundert liegt es gefaltet in einem Koffer. Der Stoff ist so vergilbt, daß er aussieht wie Stroh, und die Motten haben sich daran als Spitzenklöpplerinnen versucht. Arthur schleppt den Hochzeitslumpen in die Küche und zieht den Stuhl damit an, der ihn verrückt macht, weil er nicht aufhören will leerzustehen. Das Kleid hängt schlaff, er stopft es mit Kissen und Lappen aus, in den Rücken steckt er einen Stock, den er zwischen die Stäbe der Lehne klemmt. Jetzt sitzt das Kleid richtig auf dem Stuhl, mit geradem Rücken; in den Kragen steckt er den Staubwedel.

Er nimmt den Stuhl in die Arme und trägt ihn zum Wasser, wo sein Kahn liegt. Er hievt den Stuhl in den Bug, dann geht er noch mal nach Hause; er holt Kanister aus dem Schuppen, lädt sie auf seine Schubkarre und fährt sie zum Kahn. Dann löst er die Leine, geht an Bord, ergreift die Ruder.

Der Krach in seinem Schädel wird immer stärker, als ob die zahllosen Flaschen, die er Nacht für Nacht gegen die Feuerung geschmettert hat, alle auf einmal darin zersplitterten. Zähneknirschend vor Kopfschmerzen, stakt er. Die Braut thront im Bug, ihre Kleiderfalten rauschen durch das Wasser, das träge unterm grünen Samt der Entengrütze strömt.

Der Kahn gleitet durch die gewundenen Kanäle dahin. Arthur hat die Ruder beiseite gelegt; er hebt einen Kanister nach dem anderen hoch und kippt ihn langsam aus ins Wasser. Dann zieht er eine Schachtel Streichhölzer aus der Tasche und sagt zu seiner Galionsfigur: »Siehst du, Tine, es geht los, jetzt machen wir doch noch unsere Hochzeitsreise!« Er streicht alle Hölzer auf einmal an und wirft sie über Bord. Die kleine Handvoll Flämmchen greift im Nu um sich, loht und lodert hell auf in einer langen Girlande.

Der Fluß steht in Blüte, in Feuersblüte. Im Wasser und an den Ufern bricht eine große Unruhe aus; Nattern, Fischotter, Nutrias und Vögel, die zwischen den Wurzeln der Kopfeschen, in Lieschbüscheln nisten, springen aus den Flammen. Ein Erpel flieht mit gellendem Geschrei, sein Gefieder brennt. »He, Tine, guck! Der Grünhals da, der hält sich für'n Hahn, für'n Königshahn! Wie der sich plustert vom Kamm bis in die Flügelspitzen.«

Das Feuer rast über die Entengrütze, beleckt die Wurzeln, züngelt ums Schilf, daß die Nester prasseln. Rosige Lichter überschimmern das Kleid der Braut, tanzen in Arthurs Augen, wallen durch die Nacht. »Hab ich dir nicht gesagt, man kann den alten Ofen wieder ankriegen, ha! Der alte Hoffmann hat Feuer noch und noch im Schlund!« Und er lacht, und sein Lachen gellt genauso laut wie das Geschrei des Erpels, der in seinem Zickzackflug mit einem Flügelschlag den bräutlichen Flederwisch streift, bevor er ins Wasser stürzt. Der Flederwisch kräuselt sich, der Kopf der Braut wird ganz plusterig und fängt an zu glühen. »Sing, Tine, sing! Du bist schön, wenn du singst.« Arthur tappt zu seiner Galionsfigur, beugt sich über den Stuhl, hebt das ausgestopfte Kleid in den Armen hoch und drückt es an sich. »Und jetzt, Tine, tanzen wir! Sing, sing für mich …« Das Feuer sirrt in den Haaren der Braut, Arthur schlingert, das Kleid fest in den Armen. Das Benzin an seinen Händen entflammt, das Feuer greift auf den Rücken der Braut über und frißt sich durch die Falten des Kleides. Arthur drückt sie noch fester an seine Brust, ihrer beider Kleider überziehen sich mit Blasen, die pfeifend platzen. »Sing, Tine, sing für mich …«, ihrer beider Körper werden ein hellgelb und scharlachrot überrieseltes Ganzes, sie schwanken, dann brechen sie nieder auf den Boden des Kahns, und schon steht auch der lichterloh in Flammen.

Eine lange Fackel gleitet bullernd und fauchend übers Wasser, und die Tiere, die sich ans Ufer geflüchtet haben, klagen und schreien. Und gegen die orangene Helle stehen die buckligen, strubbligen Kopfeschen wie ein Aufzug von Gnomen und Hexern zu großer nächtlicher Versammlung.

Und während die Fackel zu Füßen der Gnome im Moor verglimmt, erwacht Valentine unter einer Eiche auf einer Wiese aus dem Schlaf. Die Nacht ist friedlich, und Valentine ist erfüllt von diesem Frieden; sie hat an der Erde geschlafen, im kühlen Gras, im Gewisper des Laubes. Sie hat dicht am Herzen der Erde geschlafen, in ihrer tröstlichen Milde und ihrem gedenkenvollen Raunen. Sie erwacht, setzt sich auf und lächelt, ganz allein in der seidigen Stille der Nacht. Allein und doch nicht einsam; um sie sind vier Frauen, leicht wie die Brise.

Sie hat Hunger. Sie knüpft die Enden des Schals auf, öffnet das Leinentuch, dann zieht sie das Papier von dem Kuchen. Weil sie kein Messer hat, bricht sie ihn wie Brot in fünf gleiche Teile. Sie teilt die Stücke aus, eins für jede ihrer durchsichtigen Gefährtinnen und eins für sich. Bedächtig schmeckt sie den ersten Bissen, das Zimtaroma vermählt sich köstlich mit dem Zucker und den gerösteten Mandeln. Jeden Bissen kostet sie lange aus, und zugleich wächst in ihr eine tiefe Dankbarkeit; Dank für das Leben, die nährende Erde, Dank für den Tod, den sie jetzt als das große Mysterium begreift, und Dank für die vier Durchsichtigen, die sich zu ihr gesellt haben. Doch als sie den letzten Bissen zum Mund führt, hört sie eine Stimme; sie flüstert aus der Nacht, aus dem rauschenden Laub, aus dem dumpfen Schlag ihres Herzens. »Sing, Tine, sing für mich …« Und sie steht auf und fängt an zu singen; der Geschmack von Zucker, Zimt und Mandeln schmilzt in ihrem Gesang, schenkt ihrer Stimme Wärme, färbt sie braun und golden. Und um ihren Gesang ist die Stille der vier Unsichtbaren. »Sing, Tine, sing für mich …« Valentine singt für alle, für Rosa und Violette, für Anna und Deborah, und sie singt für Arthur, Arthur, der nun auch gegangen ist. Denn Valentine spürt in ihrem Mund einen zweiten Atem, einen hechelnden, brennenden Atem, er entsteigt ihrem Herzen, rennt durch ihr Blut; er ist Klage, ist Ruf, ist Geständnis, er ist ein Flehen um Vergebung. Ein Lebewohl.

Valentine legt den Schal um ihre Schultern, sie geht über die Wiese, und singend nimmt sie den Weg nach Hause. Ihre Flucht hat nur ein paar Stunden gedauert, aber ihre Reise ins Blaue läßt sich mit Maßen nicht messen, sie hat mit keiner Uhrzeit zu tun.

Die Nacht verströmt den Geruch von feuchtem Gras, von Zucker und Zimt, und sie riecht nach Verbranntem. Valentine geht leichtfüßig, mit erhobenem Kopf, und sie singt ganz leise. Sie verspürt keine Müdigkeit, sie fühlt nur, daß ihr Inneres völlig aufgeräumt ist, leergeräumt von den Übeln ihres Seins. Es ist alles aufgebracht: der Schmerz, der Gram und das Grauen. Alles ist verziehen: die erlittene Kränkung, die betrogene Liebe, die in Zorn gesperrte Einsamkeit. Alles ist getröstet: alle Trauer, alle Verzweiflung. Sie hat den Kuchen der Versöhnung gebacken, sie hat ihn mit den Gästen ihrer Erinnerung geteilt, sie hat vom Kuchen der Toten gegessen, sie hat das Leben zurückgewonnen und die Erde, Geduld und Klarheit, den Wunsch, in dieser Welt zu dauern, und das Geheimnis, im Zwiegespräch mit den Geistern zu singen, mit den Lebenden und den Toten.

Der Fisch

Als der junge Tobias im Fluß baden wollte, schoß ein Fisch aus dem Wasser hoch und wollte ihn verschlingen. Der Engel aber rief Tobias zu: Pack ihn! Da packte der junge Mann zu und warf den Fisch ans Ufer.

Das Buch Tobit, VI, 2–3.

Nach gut zehn Kilometern Fußmarsch halten sie in einem Dorf. Sie betreten ein Bistrot. An der Theke palavern Männer, sie erörtern die Neuigkeiten des Tages, unbedeutende Neuigkeiten, die sie je nach Ereignis und Laune zum Drama, zur großen Gaudi oder zum Epos machen. Der eine erkennt Tobias, sie sind aus demselben Dorf. Von seinem Barhocker ruft er ihm einen Gruß zu und beginnt ein Gespräch. Als er hört, daß Tobias nach La Rochelle will, bietet er ihm an, sie beide bis zur Küste, ein bißchen nördlich der Stadt, mitzunehmen. »Ich fahre nach Lauzières, in meinem Lieferwagen ist Platz genug für dich, deinen Kumpel und deine Töle, das hilft euch doch weiter.« Tobias nimmt an, und der andere Mann, der ihn durch den Saal hinweg mustert, ruft auf einmal: »Unglaublich, wie du deiner Mutter ähnlich siehst, mal vom Kopf abgesehen!« Weil er im selben Moment merkt, wie ungeschickt, ja taktlos seine Bemerkung war, räuspert er sich verlegen. Tobias, der sich inzwischen an einen Tisch gesetzt hat, senkt den Kopf. Der Wirt hinter der Theke will das Schweigen brechen und sagt in munterem Ton: »Eine verdammt schöne Frau war das, ich kann mich noch gut an sie erinnern …« – »Na, und deine Urgroßmutter«, fällt der Tolpatsch ein, um das Thema zu wechseln, »die war mir eine! So'n kleines Frauchen

145

bloß, aber hundert Jahre alt geworden, und immer ge-
rackert, immer gut zu Fuß und gut bei Augen, und immer mit ihrem ulkigen Akzent! Und nie Ärger gemacht
mit den Leuten.« Tobias lächelt über dieses grob hin-
gehauene Porträt von Deborah, aber er denkt: Vor allem
hat sie das Leben heller gemacht. Ohne sie wäre ich verloren gewesen.

Am späten Nachmittag sind Tobias und Rafael in Lauzières. »Gehen wir ans Meer«, sagt Tobias. Aber das
Meer ist nicht da, es hat sich zurückgezogen, auf dem
bronzefarbenen Schlick im Hafen liegen ein paar Fi-
scherboote zwischen dicken roten und orangefarbenen
Schwimmkörpern. Und Tobias denkt an Deborahs
Grab, nachdem die Tränen, die ihr Leichnam in der Erde
vergossen hatte, versiegt waren. Damals lag seine selbst-
gebaute kleine Flotte, Schiffchen für Schiffchen, ganz
ähnlich auf der Seite. Er hatte sie als Weihgabe dort lie-
genlassen, und damit auch seiner Kindheit den Rücken
gekehrt. Seine Abenteuerträume, nach den Osterinseln
zu fahren, waren im Gras, im Regen zerronnen. Aber so,
wie die Toten sich in den Säften der Erde auflösen und
Pflanzen, Blumen und Wurzeln düngen, verwandeln sich
auch die aufgegebenen glühenden Kindheitsträume in
Sprühregen und Samenstäubchen, die im Lauf der Jahre
da oder dort blinkend wieder aufleben.

Holz, Metallstücke, Reste von Seilen, vom Salzwasser
zerfressen, liegen über den Schlick verstreut, der schwarz-
braun, rosagelb, lila oder blaßgolden schillert. Der
Schlamm sieht so fett, so wohlgenährt aus, ständig wird
er geliebkost von Wasser, Wind und Licht, vom Schatten

der Möwen und Seeschwalben, die überm Hafenbecken kreisen, und die Schauer dieser Liebkosungen überlaufen ihn wie die Haut eines wollüstig trägen Körpers. Von rostigen Kabeln und Pfählen hängen schwarzgrüne Algen in Trauben.

»Und jetzt suchen wir uns ein Abendessen«, sagt Rafael, krempelt seine Hosenbeine bis zu den Waden auf und zieht los auf den Meeresgrund, den die Ebbe freigelegt hat. Seine Füße sind nackt. »Ich trage nie Schuhe, damit ich die Bodenhaftung nicht verliere und immer spüre, wie die Erde atmet«, hatte er Tobias erklärt, als der sich wunderte, wie er auf der Straße genausogut barfuß gehen konnte wie auf einer Wiese. Behende bewegt er sich über den felsigen Grund, der gespickt ist mit zerbrochenen Muschelschalen, voll Wonne watet er durch die Wasserlöcher und sammelt Austern und Muscheln. Der Hund saust in alle Richtungen, verbellt die Vögel, schüttelt sich kräftig, dann rennt er wieder ins Nasse. »Ich glaube, wir haben genug«, sagt Rafael schließlich nach einem prüfenden Blick auf seine Ausbeute.

Sie setzen sich auf einen Felsen, dem Meer zugewandt, das noch immer zurückweicht. Unweit von ihnen machen sich Austernzüchter um lange Metallplatten zu schaffen, auf denen sie die schweren Kissen aus Maschendraht voll junger Austern wenden. »Was für eine Kunst das ist, und was für eine Geduld diese Leute haben«, sagt Tobias, der sie beobachtet, »wir dagegen sind nur Wilderer.« – »Nein, wir stoppeln«, sagt Rafael, »und auch das braucht seine Kunst, so wie Ruth auf des Boas Getreidefeldern stoppelnd hinter den Erntearbeitern hergeht. Sie liest nur die herabgefallenen oder vergessenen

Ähren auf – die Brosamen, die Überbleibsel – und berei-tet daraus ihre Nahrung.« – »Also wie die Vögel?« – »Meinetwegen. Dann hätten wir uns jetzt als Austern-raben betätigt.« Damit holt er ein Messer aus der Hosen-tasche und aus seinem Campingsack eine Zitrone und ein rundes Brot. »Dein Campingsack kommt mir vor wie Aladins Wunderlampe«, sagt Tobias, »er sieht gar nicht so groß aus, und trotzdem bringst du daraus im-mer irgendwelche Schätze zutage!« – »Ach, nur ein bißchen was zu essen, keine Schätze; aber es stimmt, daß Essen was Wunderbares ist, wenn man Hunger hat, vor allem in seinen ursprünglichen Formen, Früchte, Pflanzen, Kerne, Körner ... Lao-tse soll sich von Sesam-körnern ernährt haben. Da, koste ...«, und er hält To-bias eine Auster hin, die er geöffnet und mit Zitronen-saft beträufelt hat. Aber Tobias schüttelt es ein bißchen bei dem Weichtier. Rafael gibt ihm eine Scheibe Brot dazu und sagt: »Nur Mut, damit verzehrst du ein Stück Ozean, so oft hat man nicht Gelegenheit, ein Element zu schmecken.« Der Hund muß sich mit Brot begnügen, das er mangels Besserem gierig hinunterschlingt.

Die Dämmerung ist angebrochen, aber der Himmel färbt sich nicht rosig, nicht rot, das Blau der Horizont-linie vertieft sich, das Licht wird noch durchsichtiger, und die milchigen Wolken wie die Wasserlachen im Fels-grund leuchten violett, malvenfarben und jadegrün. Alle Farben sind gesättigt, wie hochgebrannt. Am Himmel schwärmen Seeschwalben mit der Anmut und der fun-kelnden Weiße einer aufsteigenden Welle, deren Kamm sich schon neigt und zerstiebt. Tobias und Rafael schauen ihnen nach, bis sie verschwinden, dann stehen sie auf und verlassen den Hafen. Sie gehen durch das Dorf mit seinen niedrigen Häusern, die von Schuppen, Reusen, Fischkästen und Kähnen umgeben sind.

Sie kommen auf einen schmalen Pfad, der am Steilufer dahinläuft. Aufs Meer hinausgebaute Pontons führen zu kleinen Holzhütten, am äußersten Ende hängen große viereckige Netze. Diese auf Pfahlwerk stehenden Hütten muten wie sonderbare, ungelenke Vögel an; sie haben Raubvogelklauen, einen Körper wie ein großer Auerhahn, einen Pelikanschnabel und einen überlangen Fasanenschweif, nur keine Flügel.

Der Pfad ist mit feinem weißen Kies bedeckt. Es ist, als führe er nirgends hin, nur auf eine unbestimmte Suche, in Traum und Geduld. In der Ferne sind die riesigen Kräne im Hafen von La Pallice zu erkennen und der weite Brückenbogen zur Insel Ré hinüber.

Schweigend gehen sie diesen weißen Weg, der unterm Himmel, am Saum des Ozeans dahinkurvt – diesen schmalen Weg ins Nirgendwo. Die Sonne ist versunken, der Himmel entfaltet die ganze Skala vom blassesten bis zum dunkelsten Blau, das Meer zieht sich immer weiter zurück, und in Tobias wird ein Gefühl von Leere immer stärker. Auch in ihm vollzieht sich eine große Ebbe, die Zeit gleitet rückwärts, die Gegenwart zerfranst, überzieht sich mit leuchtenden Lachen wie Spiegelscherben, sie schweift weit aus wie der Meeresgrund, der sich zu seiner Rechten endlos dehnt unter einem so intensiven Himmelsblau, daß es fast blendet.

Und so kommt es, daß der lange, schmale Schatten, den er auf den weißen Pfad wirft, sich unmerklich von ihm löst und selbständig macht, ein Uhrzeiger, der seine

Achse verläßt und dem Zeitrahmen entgleitet. Der Schatten huscht über den Boden, verdichtet und bewegt sich unabhängig von seinem schreitenden Körper. Und er nimmt die Züge eines Gesichtes an, des Gesichts von Tobias als kleinem Jungen.

Das Schattenkind wirft einen Blick auf Tobias, einen unruhvollen, schmerzlichen Blick. Einen wunden Blick, verletzt durch jene Gewalt, die ohne Aufhebens geliebte, vertraute Gesichter aus seinem Umkreis reißt, geradeso, als wären diese Gesichter nichts wie Dunst oder womöglich nur Spiegelungen gewesen – sie ausreißt für immer. Aber der Blick selbst trägt sie noch in sich, ihm sind die Bilder derer, die ihm der Tod entrissen hat, in die Netzhaut eingebrannt, und verzweifelt stellt er seine unverlierbaren inneren Bilder der äußeren Leere gegenüber, der vergeßlichen Wirklichkeit mit ihrem unerbittlichen Gleichmut. Der Blick brennt, vergebens verzehrt er sich an der so glatten Haut der Wirklichkeit, sucht den Horizont zu durchdringen, das Licht sowohl wie die Finsternis. Trauer und Unglück bedrücken den Schlaf, und der Tag erstrahlt nur noch zu Verlassenheit und Verlust.

Das Schattenkind blickt Tobias in die Augen, und er sieht seine ungetröstete Kindheit – sie fordert nichts, sie hadert nicht mit dem jungen Mann, der er geworden ist, sie erscheint ihm nur. Sie erscheint wie ein Zeuge, der keine Stimme hat, der nichts hat außer dem Schrecken, den er in Fleisch und Bewußtsein, in Herz und Gedächtnis trägt, erlebt zu haben und unaufhörlich wiederzuerleben, wie ein geliebter Mensch aus dem sichtbaren Raum verschwindet. Und sie erscheint in der

ganzen Blöße ihrer Betrübnis, ihrer ohnmächtigen Auflehnung, ihrem törichten Warten.

> Mutter, ich weiß nicht recht, wie man die Toten
>   findet,
> Ich verirre mich in meiner Seele, ihren schroffen
>   Gesichtern,
> Ihrem Gestrüpp und ihren Blicken.
> Hilf mir zurück
> Aus den Fernen, nach denen schwindlige Lippen
>   streben,
> Hilf mir, still zu werden,
> So viele Gesten trennen uns, so viele grausame
>   Windhunde!
> Damit ich mich über die Quelle beuge, worin dein
>   Schweigen sich abbildet
> Im Widerschein des Laubes, das deine Seele zittern
>   macht …

Das Schattenkind zittert auf dem Weg, in einer Zeit,
die nicht vergeht – der Zeit eines unwiderruflichen, un-
heilbaren Verlustes, der Zeit des Kummers. Langsam er-
lischt es, wird wieder zum Schatten ohne Gesicht und
Blick, ein wandelnder Flecken, der sich bewegt wie der
Körper, der ihn wirft. Aber Tobias fühlt eine Last auf
dem Herzen, die seine Schultern beugt, er hebt die Hand
zur Schläfe, in seinem Kopf dreht es sich. Mit einemmal
beschäftigt ihn die Frage, ob er denn äußerlich tatsächlich so sehr seiner Mutter gleicht, innerlich aber mehr
seinem Vater? Ist nicht auch er nur zur Welt gekommen,
um früh in Unglück und Einsamkeit eingeweiht zu wer-

den? Ist er dazu nicht für immer verdammt? Kann er ein anderes Schicksal haben als das eines Verwaisten, eines in seiner Mutter Verstümmelten, eines mit seinem schiffbrüchigen Vater Leidenden? Was kann ihm anderes bevorstehen als das Schicksal eines von vornherein müden und beladenen Mannes?

Rafael legt ihm eine Hand auf die Schulter. »Ist was, Tobias? Geht's dir nicht gut?« – »Ach, nichts, mir ist nur ein bißchen schwindlig.« – »Wir beziehen gleich unser Nachtquartier, dann kannst du ausruhen.« – »Ich sehe weit und breit kein Quartier.« – »Hier am Ufer vielleicht nicht«, antwortet Rafael, »aber zwischen Erde, Meer und Himmel.« Und Rafael steuert auf einen windschiefen Ponton zu, abseits der anderen, an denen sie vorbeigekommen sind. »Wo willst du hin?« ruft Tobias, »diese Pontons sind Privatbesitz, die Gittertüren sind verschlossen. Außerdem sieht dieser hier aus wie längst aufgegeben, als ob er gleich einstürzen würde!« – »Wenn er aufgegeben ist«, sagt Rafael, »ist er kein Privatbesitz mehr, und wir können ihn benutzen. Sind wir nicht Wilderer, Freibeuter? Also, erbeuten wir uns jetzt ein Nachtquartier! Außerdem wankt das Ding nicht so wie du …« Und er betritt die kleine Brücke, nachdem er das Gatter mit einer Schulter aufgestoßen hat. Tobias folgt ihm. Sie kommen auf die Plattform. »Hier bläst der Wind aber ganz schön«, sagt Tobias. – »Desto besser, das bringt dich wieder in Ordnung«, sagt Rafael und öffnet die Tür der Hütte.

Der Wind pfeift durch das löcherige Wellblechdach. Ein paar Wandlatten sind abgefallen. Ein kleiner Tisch steht da, ein Hocker, umgestülpte Eimer in einer Ecke, ein paar leere Flaschen, zerrissene alte Netze am Boden und eine Holzpritsche. Alles ist seit langem von Rost und Moder befallen. »Kannst du dir ein besseres Quartier denken?« fragt Rafael und stellt seinen Sack auf den Tisch. »Balkon direkt überm Meer!« – »Im Moment hängt dieser Balkon eher überm Schlamm …«, meint Tobias und zieht den starken Faulgeruch ein, der in der Wind, Regen und Nebel offenstehenden Hütte herrscht. »Du schläfst auf der Pritsche«, sagt Rafael, »ich auf dem Fußboden, das bin ich gewöhnt.« Er breitet die Netze aus, legt sie zu einem langen Rechteck zusammen, tastet seine Behelfsmatratze mit der Fußspitze ab und ist zufrieden. »Du bist doch kein Fakir«, sagt Tobias besorgt. – »Jeder Fakir würde mich auslachen mit so einem Lager. Nein, das geht ganz prima, ich bin abgehärtet, ein alter Fahrensmann«, damit streckt er sich auf den Netzen aus und verschränkt die Hände unterm Kopf. Tobias öffnet seinen Rucksack und zieht zwei Wolldecken hervor, die eingerollt unter der Lasche steckten, eine grün-blau karierte und eine senffarbene. »Da, nimm«, sagt er und gibt Rafael eine davon, »sie ist dünn, aber schön warm.« Jeder rollt sich in seine Decke. Der Hund legt sich Tobias zu Füßen.

Lange liegen sie still auf dem Rücken. Sie horchen auf den Wind, schauen nach den Himmelsfetzen, die türkisblau, dann schieferblau oder grünblau durch das Dach sehen. Tobias denkt mit einer Mischung aus Mitleid und Kummer an seinen Vater, er fühlt sich sehr bedrückt. »Du schnaufst wie einer, der immer im Kreis rennt«, sagt Rafael, »wieso bist du so außer Atem?« – »Ich kann nicht

einschlafen, das ist alles.« – »Vielleicht, weil du zum erstenmal eine Nacht von zu Hause weg bist? Versuch,
deinen Atem nach dem Wind zu richten. Hörst du, wie
er in aller Freiheit weht, zugleich kraftvoll und milde …
Der sorgt sich um nichts, der geht und webt seinen endlosen Gesang.« – »Komischer Gesang! Ziemlich eintö-
nig, das nervt auf die Dauer.« – »Frage des Gehörs«, sagt
Rafael. »Der Gesang, den ich höre, ist mächtig und vergnügt, fast ein Lachen. Ein Lachen ohne Grund und
ohne Ende, wie wenn Verliebte lachen, die kein Wort für
die Größe ihrer Leidenschaft finden, oder Leute, die dem
Tod nahe waren, aber noch mal mit heiler Haut davonge-
kommen sind und ihr Leben wie neugeboren empfin-
den.« – »Immerhin kommen Neugeborene nicht gerade
lachend auf die Welt! Die erste Begegnung mit dem Er-
denleben ist sogar reichlich bitter und brutal. Und der
letzte Seufzer, der ist meistens noch schlimmer.« – »Ein
Grund mehr, daß man jede Gelegenheit zu lachen, die
sich zwischen unserem Eingang und unserem Ausgang
bietet, beim Schlafittchen nimmt. Aber mir scheint, du
bist auf dem Gebiet ein kläglicher Wilderer.« – »Weil ich
in den letzten fünfzehn Jahren ziemlich selten solche
Gelegenheiten hatte.« – »Ich weiß, Tobias, ich weiß, nur
ist das Lachen, das ich meine, nicht das, was man für ge-
wöhnlich darunter versteht. Aber lassen wir das. Ich bin
jetzt still und lasse den Wind reden, vielleicht kannst du
seiner Stimme allmählich doch etwas abgewinnen.«

Tobias starrt noch eine Zeitlang ins Dunkel und lauscht
hinaus. Langsam beruhigt sich sein Atem, gleicht sich
dem der Nacht und des Ozeans an. Wieder denkt er an

das Schattenkind, das ihm vorhin auf dem Weg erschienen ist, an diesen Blick des Ungetrösteten. Auf einmal regt sich eine neue Frage in ihm: Könnte es nicht voreilig gewesen sein zu glauben, sein Schicksal sei unabänderlich festgelegt und er sei zu einem Dasein im Zeichen der Schwermut verdammt wie sein Vater, seine Großmutter Rosa, seine Tante Valentine? Wer sagt denn, daß es ein endgültiges, ein unumgängliches Urteil des Schicksals gibt? Der Wind geht in ihn ein, und sachte löst sich alle Beklemmung.

Als er endlich einschläft, ist es völlig finster geworden. Das Meer steigt wieder, bald wird es die Pontonpfähle lecken, wird unterm Fußboden der Hütte schaukeln und die beiden Schläfer wiegen, wird ihre Träume davontragen ins Weite. Währenddessen schlummert Valentine im Wiesengras, auch sie ist von sich selbst und ihrer Angst weit weggegangen. Und Arthur bricht zu seiner Hochzeitsreise ins Feuer auf und verstreut Flammenblüten auf den trägen Wassern des Moors.

*

Sie erwachen in der Frühe. In der Hütte ist es nicht mehr so dunkel, durch die Löcher im Blechdach und die Spalten in den Wänden scheint es blaßrosa. Das Meer, das sich über Nacht bis zur halben Höhe der Pfähle erhoben hatte, ist wieder auf seinem langsamen Rückzug. Sie stehen auf und gehen auf die Plattform hinaus, der Hund hinterher. »Glaubst du, das Senknetz funktioniert noch?« fragt Tobias mit einem Blick auf das große Viereck, das schief in der Luft hängt. – »Versuchen wir's, wird sich ja zeigen«, sagt Rafael. Er fummelt ein bißchen an der Kurbel, bevor sie sich drehen läßt. Das Netz zuckt, und nach einigem Rucken und Schlenkern bewegt es sich abwärts ins Wasser, ein Stück überm Grund, dabei kreischt die Kurbel, daß der Hund zu bellen anfängt. Sie lassen das Netz im Wasser hängen und gehen ihre Sachen in der Hütte zusammenräumen. Rafael nimmt einen Eimer aus der Ecke und bringt einen Kescher mit zerbrochenem Griff zum Vorschein. Er flickt ihn mit einem Ende Draht. »Für den Fall, daß uns ein Fisch ins Netz geht oder eine Krabbe oder, wer weiß, womöglich sogar eine Flaschenpost.«

Sie verlassen die Hütte, stellen ihre Rucksäcke auf der Plattform ab und gehen zu dem Senknetz. Rafael dreht die Kurbel, die diesmal noch lauter kreischt, das Netz bewegt sich ruckend, es schaukelt, bleibt stehen, ruckt wieder, es kommt in Fahrt und nimmt seinen Aufstieg. Endlich langt es in Höhe des Pontons an. »Ich glaube, wir haben einen tollen Fang gemacht!« ruft Rafael aus, »schnell, Tobias, den Kescher!« Im Netz haben sich ein paar Krabben verfangen, und ein großer Fisch mit graublauem Rücken und weißem Bauch schlägt wild mit dem Schwanz um sich. »Pack ihn, Tobias! Schnell, damit uns der Fisch nicht entwischt, das Netz hat zu viele Löcher.« Tobias, der noch nie auf diese Art geangelt hat, gibt sich alle Mühe.

Der Fisch kämpft, springt jäh hin und her in dem schwankenden Netz, und der Hund springt den beiden Männern ausgelassen bellend um die Beine. Endlich kriegt Tobias den Fisch zu packen und wirft ihn in den Eimer, den Rafael ihm hinhält. »Das ist ein Meeraal«, sagt Rafael, »ein Prachtkerl, noch ganz jung. Sieh mal, ob du in deinem oder meinem Rucksack ein Stück Papier oder Plastik findest, und bring das Salz mit.« Tobias geht und kommt mit dem Salz und einer Plastiktüte wieder, inzwischen hat Rafael den Meeraal erschlagen, der nun tot auf den Planken liegt. »Ich habe die Drecksarbeit gemacht, jetzt bist du dran. Öffne ihn, schneide Zunge und Herz heraus und leg sie beiseite, nimm auch die Eingeweide aus, die kriegt der Hund.« Während Tobias mit dem Fisch beschäftigt ist, schöpft Rafael mit dem Eimer Wasser, und sobald der Meeraal ausgeweidet ist, wäscht er ihn und steckt ihn in die Tüte. Herz und Zunge legt er in eine kleine Aluminiumbüchse, bestreut sie mit Salz und gibt die Büchse Tobias. »Was soll ich damit?« – »Alles ist Tausch, das Leben im Ganzen wie in seinen unendlichen, gegenständlichen Variationen, aber mehr noch im Nicht-Materiellen. Den Fisch braten wir uns nachher, Herz und Zunge hebst du auf, bis ich dir sage, was du damit machen sollst. Aber gehen wir erst mal baden. Hier ist es zu schlammig, ein Stück weiter finden wir sicher einen Strand.«

Und sie ziehen wieder den kreidefarbenen Pfad am Meer entlang in den aufgehenden Morgen. Lautlos dringen sie ein in die Helle, die langsam aus dem Horizont sickert, sie atmen die Weite, gehen dem Tag zwischen Erde und Ozean entgegen. Zwei Wanderer am Himmelssaum. Der Hund tänzelt an ihrer Seite.

Das Atelier des Malers

Als sie in Ekbatana beim Haus Raguëls angelangt waren, kam ihnen Sara entgegen und
hieß sie willkommen. Sie erwiderten ihren
Gruß, und Sara führte sie ins Haus.

Das Buch Tobit, VII, 1.

Sie kommen zum Hafen La Pallice. Das Gelände wirkt um diese frühe Stunde ebenso öde wie phantastisch mit seinen großen, vor Anker liegenden Frachtschiffen, über die Kräne wie Kolosse wachen, mit seinen zwei überdimensionalen Silos, seinen Brachen und einem im Tiefwasserbecken hockenden riesigen Mausoleum aus schwärzlichem Beton. Es ist der Bunker, der im letzten Weltkrieg von den Besatzern erbaut wurde, jetzt starrt er nur noch von Vogelkot. Tobias und Rafael ziehen eine Weile durch den menschenleeren Hafen, über die Kais und die Mole, um das Trockendock herum, dann nehmen sie den Weg zur Stadt. Unterwegs machen sie halt an einem kleinen Badestrand, unweit einer Schanze, die in Erinnerungen an die vergangenen Kriege vor sich hin döst.

Auf Schanzen, Wehrmauern, Türme und Festungen treffen sie allenthalben auf ihrer Wanderung zur Girondemündung, sie liegen wie Sterne oder Muscheln aus grauem oder weißem Stein bald im Meer draußen auf Inseln und Inselchen, bald an der Küste oder auch halb versunken in schlammigen Äckern und im Morast. Um die Eleganz eines Vauban oder eines Montalembert hat sich die deutsche Kriegsmarine damals nicht erst bemüht, ihre Hinterlassenschaften sind rußbraune Ungetüme mit Bullbeißerschnauzen.

Am fünften Tag ihrer Wanderung kommen sie in eine kleine Stadt über dem weiten Mündungstrichter. Rafael schlägt vor, eine Rast einzulegen. Am Abend essen sie auf der Terrasse eines Restaurants. Weil kaum andere Gäste da sind, nimmt sich die Kellnerin die Zeit, mit ihnen zu schwatzen. Nachdem sie ausgiebig das Menü erläutert hat, obwohl es keine große Wahl bietet und ziemlich alltäglich ist, verlegt sie sich auf anderes. »Sie sind doch sicher gekommen, um die Grotten zu besichtigen, nicht?« fragt sie, als sie die Weinkaraffe bringt. – »Ja, die wollen wir uns auch ansehen«, sagt Rafael. »Es gibt ja allerhand Geschichten darüber, von angeblichen Strandräubern ...« – »Na, und ob!« ruft die Frau, deren Augen auf einmal flammen wie die trügerischen Feuer, die einst die Strandräuber entzündeten, um die Schiffe anzulocken, damit sie an den Riffen zerschellten. »Heute wird behauptet, das wären alles Legenden, reine Erfindung, wie Sie wohl auch meinen, aber das stimmt nicht! Strandräuber, Plünderer, sogar Hexer, die hat es wirklich gegeben, die steckten in den Höhlen am Steilufer wie die Kraken und Schlangen und hatten nichts wie Unheil im Sinn. Aber nicht bloß, daß das keine Erfindungen sind, es gibt so was bis heute!« Nachdem sie ihren letzten Worten einen vielsagenden Unterton gegeben hat, legt sie eine Pause ein, um die Neugier der beiden Touristen zu erregen. Ihre Erwartung wird kläglich enttäuscht. »Könnten Sie uns bitte auch Brot bringen?« sagt Tobias. Die Kellnerin entfernt sich mit leicht verkniffener Miene zur Küche. Rafael lacht schallend. »Was ist denn so komisch?« fragt Tobias. – »Du!« sagt Rafael und schenkt ihnen beiden Rotwein ein. »Die Kellnerin war drauf und dran, uns schaudervolle Geheimnisse zu offenbaren, kunstvoll baut sie ihre Wirkung auf, und du stiehlst ihr die Show mit deiner Frage nach Brot. Komm, trinken wir auf die Höhlenbewohner, die bei dieser Frau in so üblem Ruf stehen!«

Die Kellnerin kommt mit einem Korb Brot, und Rafael greift rasch den Köder auf, den sie ausgeworfen hatte. »Wir hatten Sie eben unterbrochen. Sie sagten doch, sowas gebe es bis heute. Was, die Strandräuberei?« Und die Augen der Frau fangen wieder an zu leuchten. »Gewissermaßen ja, aber genaugenommen rede ich von Hexerei, von einer regelrechten Hexe. Ich meine ein Mädchen, das viel schlimmer ist als diese Piraten damals, die nachts mit einem schwarzen Widder, dem sie Laternen an die Hörner hängten, an der Küste langzogen, um den Seeleuten vorzugaukeln, das sei ein Schiff, damit sie auf Grund liefen. Nein, die ist noch schlimmer als der Hexer Matata.« – »Wahrscheinlich ist sie auch schöner«, sagt Rafael. – »Schön ist sie«, räumt die Frau mit geringschätziger Miene ein, »aber gefährlich!« – »Was hat sie denn getan?« fragt Tobias. Und die Antwort kommt theatralisch: »Sie mordet! Jawohl, Monsieur, das tut sie. Sie mordet junge Männer!« – »Wie, ersticht sie sie, sprengt sie in die Luft, vergiftet oder zerstückelt sie sie?« fragt Rafael mit Unschuldsmiene. – »Und da spotten Sie noch! Es sind lauter junge Leute in Ihrem Alter, die sie umbringt, allein in dieser Gegend hier waren es mindestens drei … In Wahrheit hat sie noch viel mehr auf dem Gewissen!« – »Wenn sie so viele Morde begangen hat, warum ist sie dann nicht längst verhaftet und hinter Gittern?« – »Na, weil sie eben keine gewöhnliche

Kriminelle ist, sie ist eine Hexe, eine echte Hexe! Die tötet nicht mit Waffen, die hinterläßt keine Spur, sie zaubert, sie hat den bösen Blick, und kurz darauf sterben ihre Opfer einen gewaltsamen Tod, der jedesmal als Unfall durchgeht.« – »Und wer beweist Ihnen, daß sie es war?« – »Ich weiß es eben, Punkt. Außerdem sagen das hier alle.« – »Wohnt sie denn hier?« – »Ja, sicher, das ist ja das Unglück! Da drüben, sehen Sie, in Richtung Talmont, direkt an der Steilküste, da wohnt sie, in den Felsen. Manche Häuser sind hier in die Grotten hineingebaut. Ihr Vater ist Maler, sein Atelier liegt nach der Flußmündung zu. Wenn die Sonne auf die Scheiben fällt, funkeln sie, dann kann man die Glasfront von hier sehen. Wie das Blendfeuer von den Strandräubern damals!« Die Hände in die Hüften gestemmt, starrt die Frau mit düsterem Blick zu dem Hexenbau hinüber, und nach einem zornschweren Schweigen setzt sie hinzu: »Wie man überhaupt auf die Idee kommen kann, in einem Felsloch zu hausen? Das ist was für lichtscheues Gesindel, für die wilden Tiere, aber doch nicht für zivilisierte Menschen! Da muß es doch geradezu wimmeln von bösen Geistern und schädlichen Wellen, in diesen alten Schlupfwinkeln der Strandäuber und Hexer, stellen Sie sich das mal vor! Und wo das Mädchen immer in dieser Höhle gelebt hat, hat sie sich doch vollgesogen mit all der schwarzen Kunst! Wenn Sie mich fragen, kommt das ganze Übel davon … Ha, Sie sollten mal sehen, was der Vater von ihr malt! Kein schöner Anblick so was, vor allem in letzter Zeit, als ob sie schon alle besessen wären! Das sind keine Bilder, Geschmiere ist das! Die drehen doch völlig durch in ihren Grotten. Absperren sollte man die Löcher, die Leute rausjagen. Und die Mörderin, die müßten sie einmauern, wo sie ist, wie den Hexer Matata vor dreihundert Jahren.« Sinnierend kneift sie die Augen zusammen. »Kennen Sie denn das Mädchen näher?« – »Und ob ich sie näher kenne, ich hab doch jahrelang bei ihren Eltern gearbeitet, hab saubergemacht. Aber vor einer Weile, wie die ganzen Dramen passiert sind, da hab ich denen meine Kündigung hingeknallt. Ich hab hier Arbeit gefunden, über die Saison. Für nichts auf der Welt würde ich zu den Leuten da zurückgehen! Nehmen Sie ein Dessert?« Tobias sieht verblüfft auf, so abrupt war der Übergang. »Apfelkuchen, Zitronenbaiser, Mousse au chocolat, Obstsalat, Crème caramel oder Sorbet …«, zählt die Kellnerin auf. »Wie heißt der Maler?« erkundigt sich Rafael. – »Raguël heißt er, und das Mädchen heißt Sara.« – »Wir nehmen zwei Kaffee«, sagt Rafael, um das Gespräch zu beenden.

＊

Und unbekümmert um das Gerede der Frau schlagen sie ihr Nachtquartier in einer Grotte auf. Tobias kauert am Rand und schaut, wie über dem Mündungsstrom die Nacht hereinsinkt; und als er unten über das felsige Ufer eine winzige Gestalt eilen sieht, denkt er mit einemmal an Deborah. Sie hätte auch an einem solchen Ort leben können, sagt er sich, in einer Felsenhöhle. Eigentlich hätte sie überall leben können, gleich ob auf einem Floß, in einem Baum, in der Wüste oder in einer Stadt. Sie war so völlig ein Mensch im Exil, sie hatte so wenige Bedürfnisse. Was scherte sie der Ort, wo sie gestrandet war, sie trug das Land ihrer Geburt, ihrer Kindheit, ihrer Vorfahren in sich. Und vor allem trug sie in sich eine versunkene Welt, deren verstummte Gesänge und Stimmen in ihrem Herzen weiterklangen; und mochte ihr Gott auch noch so hartnäckig schweigen, leugnete oder verwünschte sie ihn doch nie, sondern rief ihn an und befragte ihn. Wie sehr wünscht sich Tobias in diesem Moment, daß die Gestalt, die er dort unten sieht und die sich allmählich im Dunkel verliert, Deborah wäre oder seine Mutter. Beide fehlen sie ihm, und ihr Fehlen ist tief wie dort unten der düster glänzende Strom.

»Träumst du, Tobias? Du siehst aus wie eine Fledermaus kurz vorm Abflug«, sagt Rafael. – »Ich mußte an meine Urgroßmutter denken.« – »Weil sie dich unsichtbar begleitet. Bande der Liebe, der Fürsorge enden nicht mit dem Tod, sie bestehen auf andere, geheimnisvolle Weise weiter. Manchmal gibt es Augenblicke der Gnade, so wie heute abend, in denen die Entschwundenen uns einen Seufzer lang ganz nahe sind.« – »Hast du auch jemanden verloren?« fragt Tobias. – »Ich habe viele Menschen sterben sehen.« – »Die dir nahestanden?« – »Alle Menschen stehen mir nahe, am nahesten in ihrer Todesstunde, weil die meisten dann so hilflos sind.« – »Ich glaube, Deborah hat ihren Tod in aller Klarheit angenommen, mit großer Ruhe. Sie hat sich auf ihn vorbereitet wie auf einen hohen Gast, aber damals begriff ich das nicht. Außerdem war sie so alt, ich dachte, sie wäre unsterblich.« – »Damit hattest du nicht unrecht, nur daß das keine Sache des Alters ist, sondern des Herzens und des Gefühls.« – »Trotzdem gibt es etwas, was ich immer noch nicht verstanden habe und was ich wahrscheinlich nie erfahren werde, sie hat am Abend vor ihrem Tod zu mir gesagt: ›Gebe Gott, daß du wirst wie Mejdele.‹ Ich habe keine Ahnung, wer Mejdele ist.« – »Vielleicht ist es der Name, den sie insgeheim der Lebenskraft gab, die sie in sich trug und von der sie getragen wurde, der Name ihres eigenen Inneren. Und es ist an dir, den Weg dahin zu finden.«

Tobias späht in die Dunkelheit nach der kleinen Gestalt, die er vorhin gesehen hat, aber sie ist verschwunden, er erkennt nur noch die Felsen.

Er kauert am Rand der Grotte ebenso reglos und gesammelt, wie Deborah damals an der Reling stand. Er ist genauso alt wie sie in jener Nacht, die so weit zurückliegt, daß sie schon keiner Zeit mehr angehört, und in der sie zum erstenmal das Gesicht von dem Zicklein mitten im Atlantik hatte.

»Sieh mal«, sagt Tobias, bevor er sich in der Grotte schlafen legt, »in dem Atelier, das die Frau uns gezeigt hat, ist das Licht angegangen. Arbeitet so ein Maler auch nachts?« – »Oder er braucht die Nacht, um sich mit dem auseinanderzusetzen, was er am Tag gemacht hat«, sagt Rafael, der schon liegt, die Arme im Nacken verschränkt. »Jegliches hat seine Zeit, Schaffen wie Grübeln, Zweifeln und Befragen … Übrigens ist dieser Raguël ein ziemlich interessanter Maler, ich habe ein paar seiner Sachen in Galerien gesehen, auch Reproduktionen. Ich hatte mir seinen Namen gemerkt und bin sehr froh, daß die Kellnerin uns gezeigt hat, wo er wohnt. Morgen besuche ich ihn, das heißt, ich werde es versuchen. Ich würde ihn gern kennenlernen und sehen, was er jetzt so malt.« – »Aber du bist doch ein Fremder für ihn«, sagt Tobias, »denkst du, er wird sich so leicht von einem Unbekannten stören lassen?« – »Ich kann überzeugend sein, wenn ich will! Du kanntest mich auch nicht, trotzdem warst du einverstanden, mit mir auf Wanderschaft zu gehen, stimmt's?« – »Na gut … aber dieses seltsame Mädchen … ich hätte keine große Lust, ihr zu begegnen.« – »Red keinen Unsinn über dieses Mädchen, sie wird schon von genug bösen Zungen verleumdet. Schlafen wir lieber. Wir haben morgen viel vor: unser Glück zu versuchen!«

✻

Raguël ist in seinem Atelier, er steht hinter der großen Glasfront. Er weiß, daß Sara hinuntergegangen ist ans Ufer, wie jeden Abend in letzter Zeit. Nur das dumpfe Rauschen des Wassers kann sie beruhigen. Sie verläßt das Haus erst im Schutz der Dämmerung, wie ein Nachtvogel. Den ganzen Tag verschließt sie sich in ihrem Zimmer, bei nur halb geöffneten Läden. Sie hat Angst vor dem Tageslicht, davor, daß es ihr Gesicht, ihren Körper bescheint. Sie hat Angst, gesehen zu werden. Sie hat allen Appetit verloren, will nicht mehr leben. Sie redet nicht mehr, verharrt in völligem Schweigen, womöglich fürchtet sie sich schon vor der eigenen Stimme? Und wenn es soweit käme, daß sie vor ihrem Atem erschrickt und ihn gewaltsam beendet?

Raguël wacht in der Nacht über seine Tochter, die sich vor Scham und Schande zwischen schwarzen Algen verbirgt. Er weiß, daß sie von einem Verhängnis betroffen ist, auch wenn er es nicht begreift. Und er weiß, daß sie in großer Gefahr ist; der Tod, der in ihrem Gefolge siebenmal zugeschlagen hat, wie wenn ihre Schönheit tödlich strahlte, kehrt sich jetzt gegen sie, umkreist ihr Herz und zerfrißt sie. Sobald es draußen zu kalt und zu feucht wird, kommt Sara nach Hause und schleicht sich in ihr Zimmer. Aber was, wenn sie einmal nicht wiederkäme, sich davontragen ließe von der Flut? Raguël ist in ständigen Ängsten, ebenso Edna, die hinter einem anderen Fenster weint.

Er entfernt sich von der gläsernen Wand, zündet sich eine Zigarette an, läuft auf und ab durch den Raum. Früher hat er sein Atelier immer in Ordnung gehalten, am liebsten hatte er es fast leer, jetzt läßt er alles stehen und liegen. Der Fußboden ist mit zerknüllten oder zerrissenen Skizzenblättern übersät, auch mit Fotos und Reproduktionen aller Formate. Er stapft über den Bilderwust hinweg. Hauptsächlich sind es Fotos von seiner Tochter und Reproduktionen von Gemälden der zwei Maler, deren Werk ihn nicht losläßt, Caravaggio und Francis Bacon.

Der erste hat seine Arbeiten lange beherrscht. Raguël hat seinen Blick mit leidenschaftlicher Gewissenhaftigkeit an den Bildern Caravaggios geschult, er hat sich die zupackende Manier angeeignet, mit der dieser Maler Dinge und Menschen anging und in große Schönheit verwandelte, was der Tradition für verächtlich galt. Der Gegenstände, Gesichter und Körper wie Gegner im Kampf faßte, sie in eine lavagleiche Dunkelheit warf und mit grellen Lichtbündeln Stirnen, Schläfen und Wangen,

Lippen, Schultern, Hände oder Geschlecht ausleuchtete. Der das Mysterium des Fleisches gesteigert hat wie keiner vor ihm. Über zwanzig Jahre hat Raguël im Bannkreis dieses Meisters gemalt, als sein Schüler und Bruder, hat sich in den Kampf um das Fleisch zwischen Licht und Dunkel gestürzt. Das ewig wunderbare Fleisch, gleichviel welchen Zustands, welchen Alters. Das kraftvolle, begehrliche, närrische Fleisch in seiner strotzenden Schönheit, aber auch in Exzess und Verfall.

Doch seit seine Tochter mit einem unbegreiflichen Fluch beladen ist, hat sich sein Blick gewandelt, geschärft, ist gleichsam doppelsichtig geworden. Nicht daß er seinen Meister Caravaggio verworfen hätte, vielmehr richtet sich seine Aufmerksamkeit seither auf ganz bestimmte seiner Werke, auf jene, die einen Schrei darstellen. Denn Raguël fühlt, daß in Sara ein unerhörter, verzweifelter Schrei brütet, den sie nicht auszustoßen und damit ihre Auflehnung, ihren Zorn zu gestehen wagt. Sara ist unschuldig, trotzdem hat sie sieben ganz jungen Menschen den Tod gebracht. Sara hat ein reines, verlangendes und großmütiges Herz, aber ihre Schönheit ist die einer Sphinx, ihr Mund ist todbringend. Saras junger Körper ist von einer unheilvollen Macht besessen, von der, so scheint es, nichts und niemand sie erlösen kann, darum versucht sie schweigend zugrunde zu gehen, um diese dunkle Macht zu zerstören.

Raguël will den in Sara gefangenen Verzweiflungsschrei bannen, er will ihn durch die Magie der Malerei aus ihrem Körper jagen. Deshalb hat er sich aus Caravaggios Werk alle die Gemälde herausgesucht, die einen Schrei zeigen. Da ist die *Medusa*: ihr Kopf, bekrönt mit sich windenden Schlangen, scheint aus dem gewölbten Schildgrund, auf den er gemalt ist, herauszuspringen. Ihr Mund ist weit aufgerissen, schwarz, die Augen riesig, wutentbrannt. Blut spritzt in rötlichen Strahlen aus ihrem durchschnittenen Hals. Ihr Kopf gleicht einer Sonne der Apokalypse. Da ist die *Opferung Isaaks*, wo das Kind, mit einer Wange auf dem Stein des improvisierten Altars, sich schreiend gegen seine Opferung wehrt. Raguël handhabt den Pinsel wie Abraham das Messer – in der Hoffnung auf ein Wunder. Es gibt die Bilder von David mit dem Kopf des Goliath, ein Loch in der Stirn wie ein drittes Auge, die Züge voller Wut und Verblüffung, den Mund voll Finsternis. Dann Judith, die in einem roten Zelt Holofernes enthauptet. Eine alte Dienerin sieht ihr zu, deren runzliges Profil vor Ekel, Haß und Gier ganz verzerrt ist. Das Rot des Zeltes kehrt in der Zunge des sterbenden assyrischen Soldaten und in seinem längs der Schwertklinge aufspritzenden Blut wieder. Es gibt die Kreuzabnahmen, Christus mit blauen Lippen, es gibt in Variationen das Haupt Johannes des Täufers, ein Stück Todesnacht im Mund. Aber vor allem gibt es die grandiose *Gefangennahme Jesu*. Hier ist der Schrei eher angedeutet und wird im Profil gezeigt. Von vorn sieht man nur Christus, Soldaten wie Jünger sind von der Seite gesehen, allen voran Judas, der Jesus mit seinem Kuß überfällt. Von den beiden geharnischten Soldaten sieht man nur Nase und Wange, ihre Augen schluckt der Schatten des aufgeklappten Visiers. Es sind eigentlich keine Menschen mehr aus Fleisch und Blut, sie bestehen aus glänzendem, durch Gold und blitzende Lichter gehöhtem Metall, Männer mit Untier-

schädeln und Greifern statt Armen. Hinter ihnen, auf
der rechten Bildseite, streckt ein Mann sein Gesicht aus
dem Dunkeln, hält eine Laterne hoch in dem Versuch,
diesen schurkischen Kuß zu beleuchten. Die Laternen-
hand korrespondiert mit den gekreuzten, verschlun-
genen Fingern des Christus im unteren Bildteil. Kraftvolle Linien und Kurven erzeugen im Bildraum eine
starke Drehbewegung. Am aufregendsten aber ist auf
der linken Seite eine dichte Gruppe aus drei Gesichtern,
die in raschem, versetztem Rhythmus verbunden sind,
so daß eine fast filmische Wirkung entsteht. Judas, mit
ganz gefalteter Stirn, von ungeheurer Angst ausgehöhlt,
mit vor Zweifeln brennendem Blick stößt mit seinen
Lippen auf Christus' Wange zu, hält ihn gleichzeitig bei
der Schulter gepackt, und der Kopf des Christus weicht
leicht zur Seite unter dem Schock dieses Kusses, der,
Freundschaft, Vertrauen und Hoffnung zerschlägt. Und
aus dem Gesicht des verratenen, gestürzten Meisters
spricht ebensoviel Überdruß wie Schmerz. Die sehr
dunkle Zeichnung der Brauen und die gesenkten, braun
verschatteten Lider verstärken die Blässe der Stirn und
der Nase.

Und an den Christus gelehnt, fast als wären sie eins,
ist da dieser junge Mann im Profil mit dem aufgerissenen Mund, auch die Finger seiner hochgereckten Hand
sind weit gespreizt. Er stößt einen unerhörten Schrei in
die Nacht, einen durch Judas ausgelösten Schrei, der,
nachdem er durch Christus hindurchgegangen ist, sich
im Körper dieses Zeugen ballt und durch seinen klaffenden Mund und seine hocherhobene, offene Hand ent-
lädt. Seine panische Gebärde wirbelt ein Stück seines

172

Gewands über die drei aneinandergedrängten Köpfe, umgibt sie mit einer roten Aureole und flattert im Wind des Verderbens.

Raguël hat dieses Bild so unzählige Male betrachtet, bis er in dem wehenden roten Gewebe über der dreiköpfigen Gruppe die Form eines Mundes erkannte – ein sonderbarer Mund, wie das Maul eines Riesenfisches, das zwar kaum geöffnet ist, aber doch alle Personen in dieser Szene jeden Augenblick verschlingen kann.

Dieses Bild fasziniert Raguël mehr als alle anderen. Er sieht darin das Drama seiner Tochter mehrfach gebrochen. Sara ist gleichzeitig diejenige, deren Kuß auf heimtückische Weise tödlich ist, die unter diesem tödlichen Verrat leidet und die einen furchtbaren Schrei der Verzweiflung in sich trägt, einen Schrei um Hilfe und Erlösung, aber auch einen Schrei der Auflehnung. Dieses Bild läßt ihn nicht los, so wie Francis Bacon lange Zeit von dem Bildnis des Papstes Innozenz X. von Velázquez besessen war. Er möchte ein ähnlich erregendes Wunder erreichen wie Bacon, der sein abgewandeltes, entstelltes Modell auf einen Thron setzt wie ein elektrischer Stuhl. Der zugleich schwerelos und an den entsetzlichen Sitz festgebannt erscheinende Körper wird von heftigen Wellen durchlaufen, die Entladungen zerreißen sein Fleisch und seine Nerven, sogar sein päpstliches Kleid. Und er schreit, sein Mund ist ein schwarzer Schlund. Ein Gemälde, das trotz seines Schweigens das Sichtbare gellend hörbar macht.

Raguël wandert hin und her zwischen den Werken Caravaggios und denen Bacons, zwischen den schreien-

den Gesichtern des einen und den konvulsivisch ver-
zerrten des anderen, zwischen grell ausgeleuchtetem
Halbdunkel und großen beißenden Farbflächen, in denen Körper unter extremer Spannung sich winden, sich
ineinanderschlingen. Immer wieder geht Raguël zum
Angriff auf jungfräuliche Leinwände, um das düstere
Geheimnis, das in Saras Herz und Kehle hockt, mit Bür-
sten, Pinseln, Lappen oder mit den bloßen Händen zu
packen, aber vergeblich. Nie gelingt es ihm, diesen
Schrei zu erfassen, der in Sara steckt wie eine Schlange,
die ihr Gift Tropfen um Tropfen absondert und an dem
Sara sterben wird. Soviel er auch in Bildern und Farben
wühlt, so beharrlich er auch das Geheimnis des Sicht-
barmachens und des Fleisches zu ergründen versucht, er
scheitert. Immer wiederholt er sich, was Bacon zu all
seinen doch so überraschenden Variationen auf das
Papstbildnis von Velázquez gesagt hat: »Ich wollte, ich
hätte es gar nicht erst gemacht. Als ich den schreienden
Papst malte, wollte ich das nicht so machen, wie es geworden ist: Ich wollte den Mund malen in seinen schönen Farben, alles wie ein Sonnenuntergang oder andere
Sachen von Monet.« Aber Bacon hat auch gesagt, als er
in einem selben Gedanken von seiner Leidenschaft für
Glücksspiele und seiner Leidenschaft zu malen sprach:
»Ich fühle, ich will gewinnen, auch wenn ich immerzu
verliere.«

Raguël raucht und schreitet tief in Gedanken durch
sein Atelier, seine Füße zerknittern die am Boden ver-
streuten Skizzen, ab und zu fällt Asche auf die Blätter
und zerbröselt. Mit scharfem Blick prüft er seine begon-
nene Arbeit, vergleicht sie mit den Leinwänden, die er

vor kurzem beendet hat, mit den Reproduktionen der Werke, von denen er sich eine Erleuchtung erhofft, mit den Fotos von Sara. Er späht nach den Bildern, lauert auf ein Zeichen des Zufalls – die Vision, die er braucht, kann jeden Augenblick kommen, ob von den am Boden ausgesäten, mit Füßen getretenen Bildern oder von den vollgehängten Wänden. Er will gewinnen, er muß es – er muß diesen Schrei erfassen und im Bild bannen, um seine Tochter zu erlösen.

✽

Jeden Abend geht Sara ans Ufer hinunter und streckt sich auf die mit Moos und Algen verklebten Felsen nieder, die Stirn dem Himmel zugewandt, die Lippen über ihrem Unglück geschlossen. Sie büßt eine Schuld, für die sie nichts kann. Sie erträgt dieses abgeschottete Leben nicht mehr, wie eine Geächtete, eine Verfemte. Weil sie es nicht fertigbringt, sich selbst zu töten, ruft sie den Tod, erwartet, erfleht ihn. Sie hofft, daß die Mündungsflut bis zu ihr steigt und sie mitreißt, daß dieser riesige, zwischen Steilwand und Moor klaffende Mund sie verschlingt und diesen Schrei, der an ihrem Herzen frißt und ihr Bewußtsein zerstört, in den rauschenden Wassern zum Verstummen bringt.

Aber an diesem Abend ist sie nicht lange am Ufer geblieben, sie hat im Dunkeln einen Blick auf sich gespürt, den Blick eines Mannes, der zwischen den Felsen nach ihr suchte. Ein Blick, der von der Flanke des Kliffs herabkam wie ein Seevogel, der von seinem Felsenhorst abhebt, um still durch die Nacht zu gleiten. Sie hat sich als Beute gefühlt, aber sie weiß, wie unheilvoll es ist, sie so zu betrachten. Deshalb ist sie, so schnell sie konnte, verschwunden und zurückgekehrt in ihr Zimmer.

Raguël und Edna haben sie kommen hören, die Klammer ihrer Ängste lockert sich ein wenig. Und Raguël will das Atelier mit einem letzten Blick nach seiner Staffelei hin verlassen, da bleibt er wie angewurzelt stehen. Es kommt ihm plötzlich vor, als ob das Porträt von Sara, an dem er seit ein paar Tagen arbeitet, lächele. Er ist bei dieser Arbeit ähnlich vorgegangen wie Bacon bei seinen Selbstporträts und bei den Bildnissen seiner Freunde, die er nicht nach dem Modell malte, sondern aus dem Gedächtnis. Er hat Formen, Bewegungen, Linien und Farben kommen lassen, wie sie kamen, als hätte er seine Tuben einer selbsttätigen Eruption überlassen, so daß sie sich nun in orangenen, rosa, gelben, zinnoberroten und eisigen hellvioletten Strömen ergießen, als wären Fleisch und Malerei eine einzige explodierende Materie. Die Gesichter sind von einem innerlichen Sturm erschüttert, ihre Züge kreiseln aufgelöst, Profile, En-faces, Halbprofile überschneiden einander, kollidieren. Und dann erkennt man, daß diese Porträts in ihrer Schroffheit, ihrer scheinbaren Unklarheit bestürzend und überwältigend wahr sind.

»Ich wollte immer das Lächeln malen, es ist mir nie gelungen«, sagte Francis Bacon einmal. Raguël kann es nicht fassen, daß sich ein Lächeln eingeschlichen hat, da wo er einen gewaltigen Schrei heraussprengen wollte wie eine Ader aus ihrem Gestein. Er versteht nicht, wie sein Tun sein Wollen derart verraten konnte, wie seine Arbeit sich ihm so radikal, so ironisch widersetzen kann. Vielleicht, sagt er sich, während er geht und das Licht löscht, sehe ich es morgen mit ausgeruhtem Kopf anders.

Am nächsten Morgen aber ist die Wirkung nicht anders, im Gegenteil, es sieht aus, als hätte sich das angedeutete Lächeln verstärkt. Raguël betrachtet seine Leinwand aus verschiedensten Blickwinkeln, entfernt sich, tritt heran – das Lächeln bleibt, kein Schrei löst sich. Das Gesicht schwebt unausgeführt auf der Leinwand, und der verzerrte, halbdunkle Mund will partout nicht schreien. Eher noch scheint er aus großem Überdruß aufzuseufzen wie tief erstaunt, und nicht ohne Schmerz. Über dem Gesicht hat Raguël, angeregt von Caravaggio, eine Stoffbahn gemalt, die im wilden Wind der Revolte und der Befreiung flattern sollte. Aber wie auf dem Caravaggio-Gemälde, das er so oft betrachtet hat, erinnert die von dem schwingenden Stoff gebildete dunkle Faltung an das Maul eines großen Fisches. Und es ist, als ob dieser Fisch aus großer Meerestiefe steigt und sich langsam über die Szenerie schiebt, um ihr unerwartet und machtvoll Schweigen zu gebieten. Raguël kramt in seinen Bildern nach der *Gefangennahme Jesu*, wieder studiert er den Aufbau, bewundert die Dynamik dieser so straffen und geballten Komposition, das Spiel der Hände in dem Drama und die Gruppe der drei Gesichter, die den tödlichen Judaskuß aufnehmen: ein Kuß, kälter als die Nacht, als Leiden, Schrecken, Schrei.
Aber womöglich verbirgt sich hinter diesem dreifachen Kopf noch eine andere Gestalt, vielleicht wandelt

sich der von dem Jünger ausgestoßene Schrei noch ab in der schwarzen Nacht, in die die Szene getaucht ist? Raguël weiß nicht mehr, was er denken soll, er versteht nicht mehr, was er sieht. Nicht er erfaßt mehr das Sichtbare und gibt es wieder, nein, die Macht des Sichtbaren hält ihn im Joch und wirbelt in ihm immer unbegreiflichere Gefühle, Empfindungen und Visionen auf. Während er so in wachsender Ratlosigkeit verharrt, öffnet Edna die Tür zum Atelier und sagt, er werde am Telefon verlangt.

Am Nachmittag kommen Rafael und Tobias zu der Stunde, die Raguël ihnen genannt hat. Er erwartet sie an der Tür, geht ihnen entgegen, und nachdem er sie begrüßt hat, führt er sie in sein Haus.

Das Grab im Ozean

Morgens stand Raguël auf, ging hinaus und hob ein Grab aus. Er dachte: Sicher ist auch dieser Mann gestorben. Als er wieder ins Haus kam, sagte er zu seiner Frau Edna: Schick eine Magd hinauf, sie soll nachsehen, ob er noch lebt. Wenn er nicht mehr lebt, wollen wir ihn begraben, ohne daß es jemand merkt.

Das Buch Tobit, VIII, 10–12.

Raguël führt seine Gäste in den Wohnraum. Der liegt nicht nach der Strommündung zu, sondern auf der Gartenseite. Sie setzen sich um einen niedrigen Tisch, in hochlehnige, mit strohgelbem Rips bezogene Sessel. An den Wänden hängen verschieden große Gemälde in schön gearbeiteten rötlichbraunen oder vergoldeten Holzrahmen. Alle Bilder sind Werke von Raguël, der Caravaggio-Einfluß ist unverkennbar. Es sind Akte, Porträts, Straßen- oder Kneipenszenen; Erhabenes und Profanes verbinden sich zwanglos, dem Pathetischen ist immer auch ein Funke Ironie beigemischt.

Das Licht fällt durch mehrere Öffnungen herein: durch ein schmales Fenster, durch ein ovales Ochsenauge in halber Wandhöhe, das Tobias direkt gegenüber liegt, und genau darüber durch ein Dachfenster in der Deckenschräge. »Dieses Haus wurde in mehreren Etappen gebaut«, erklärt Raguël. »Der eine Flügel steht auf festem Grund, der andere am Rand des Steilufers, in einer ehemaligen Grotte, dort habe ich mein Atelier.« – »Um diese Grotten kreisen doch allerhand Geschichten«, sagt Rafael. – »Ja, sie regen die Phantasie der Leute an, oder die Tratschlust, je nachdem, wes Geistes Kind sie sind. Mich stört es nicht. Wer früher hier Unterschlupf suchte, das waren doch hauptsächlich arme

Hunde, Fischer, Landstreicher oder auch Protestanten zur Zeit der Religionskriege.« – »Und was ist mit den Strandräubern?« fragt Tobias, ohne jedoch die Hexer zu erwähnen. – »Ach, Blödsinn!« meint Raguël. »Bis zum achtzehnten Jahrhundert gab es an der Atlantikküste keine Leuchttürme, oder so gut wie keine, und Leuchtfeuer im Meer draußen oder auf dem Festland waren äußerst unüblich, also muß jedes helle Licht in der Nacht den Schiffern eher Mißtrauen oder Furcht eingeflößt haben, statt sie anzulocken wie die Nachtfalter. Aber es klingt romantisch, also wird viel gesponnen und miteinander verwoben.«

Edna geht und kommt, bringt Kaffee, Gebäck, Süßwein. Die Bilderrahmen sind ihr Werk, sie hat auch den Salon eingerichtet, Dinge, Raum und Licht hier sind ihre Sache. Sie ist der gute Geist des Hauses, zurückhaltend in Auftreten und Worten, trotzdem geht von ihr eine große Sinnlichkeit aus. Ihre Bewegungen sind voller Anmut, ihr Gang katzenhaft, in ihrem Blick verschmelzen Zärtlichkeit und Feuer. Zur Stunde sorgt sie sich aber vor allem um ihre Tochter. Als Sara hörte, es würden zwei Besucher kommen, verschwand sie schnell in ihrem Zimmer, wo sie nun in Ängsten wartet, bis sie wieder gehen. Verstohlen beäugt Edna die beiden Fremden, um herauszufinden, ob sie etwa noch ein anderer Grund hergeführt hat als der angegebene, nämlich Raguëls Werke zu bewundern.

Trotz seiner eigenen Besorgnis freut sich Raguël über den unverhofften Besuch. Als Rafael ihn anrief, hatte er das Gefühl, daß der Zufall es gut mit ihm meine, indem er ihm jemanden schickte, der ihm vielleicht aus der Rat-

losigkeit gegenüber seiner angefangenen Arbeit heraus-
helfen könnte. Raguël ist unsicher geworden, er traut
dem Gemalten nicht mehr, aber seinem Blick auch nicht.
Was er vorhatte, war ein Erlösungsschrei, aber seine Leinwand zeigt ein mattes Lächeln. Seine Hände machen, was
sie wollen, nicht, was er will, soviel Selbstlauf ist ihm unheimlich. Dieser Mann, der sich so treffend und scharfsinnig äußerte, als er sich vorgestellt und seinen Wunsch,
ihn kennenzulernen, vorgebracht hat, vielleicht, so hofft
er, wird er auch seine laufende – fehllaufende – Arbeit
klar und vorurteilsfrei betrachten. Und natürlich sind sie
schon bald im Gespräch über die Malerei.

Draußen ist Wind aufgekommen. Tobias beteiligt sich
nicht an der Diskussion, sein Blick wandert durch den
Salon. Er hört auf den Wind, der vom Meer bläst, und
versinkt in eine Träumerei, die seine visuelle Wahrnehmung nach und nach erweitert, alle seine Sinne erregt,
seine Einbildungskraft aufwühlt. Vor ihm, über dem
Sessel, in dem Rafael sitzt, hängt ein großes Bild von
zwei nebeneinander sitzenden Frauen, die eine von hinten gesehen, die andere von vorn. Vielleicht ist das Modell auch dasselbe, nur ist es einmal nackt von den
Schultern bis zum Gesäß und einmal von der Brust bis
zu den Knien. Es ist ein junges Mädchen mit schönen,
schweren Brüsten, rundem Bauch und vollen Schenkeln.
Ihr Fleisch ist perlmuttern, da und dort mattrosa ge-
höht. Sie hält das Gesicht geneigt und leicht abgewandt,
die über den Kopf erhobenen Arme bilden einen Rhom-
bus, den die schwarzen, bis über die Achseln fallenden
Haare rahmen. Das Geschlecht ist nur angedeutet, man

errät die Form eines dunklen Dreiecks in der Schenkel-
beuge.

Ein zweites Dreieck stellt sich her, ein unsichtbares,
auch wenn an jeder seiner Spitzen das Sichtbare glühend
vibriert. Es verbindet das Gemälde mit einem Spiegel an
der Seitenwand, der von dem frontalen Akt nur Rumpf
und Schenkel zurückwirft, und verbindet es mit den
Augen von Tobias, die bald auf das Gemälde blicken,
bald nach dessen schrägem Reflex. Seine Augen werden
auch zum Spiegel, zu einem Brennspiegel, der das
Gemälde in Flammen setzt. Und sein Blick schärft sich,
taumelt wie ein trunkenes Insekt von dem Gemälde
zum Spiegelglas, vom Spiegelglas zum Gemälde, schlürft
an dem nackten Körper, durchwühlt die Leinwand,
durchwühlt das Spiegelzinn. Ein süßes Fieber hat ihn erfaßt, eine Mischung aus Panik und ahnender Lust.

Und noch ein Dreieck tut sich auf, diesmal von dem
Gemälde nach rechts hin, es verbindet den Akt mit dem
Dachfenster und dem Ochsenauge. Der Wind zerreißt
den Himmel, Wolken von seidigem und dennoch glei-
ßenden Weiß eilen am Dachfenster vorüber, aufge-
scheuchte Vogelschwärme jagen mit Geschrei dahin.
Wolken und Vögel scheinen aus den Haaren des nackten
Mädchens aufzufliegen, als wären es ihre Träume, Gedanken, Ängste und Sehnsüchte, die so durcheinander-
schwirren. Wolken und Vögel fallen über Tobias her, be-
setzen seinen Körper, schwimmen durch sein Blut, um-
kreisen sein Herz, brennen in seinen Lenden. Aber das
ovale Ochsenauge, hinter dem sich Zweige und Büsche
wiegen und winden, erregt ihn noch mehr. Tobias sieht
darin in voller Helligkeit, was das gemalte Bild nur an-

deutet: das Geschlecht des Mädchens – das süße, wollüstige, das stürmische Geheimnis ihres Körpers, wo alles Tanz und Beben ist.

Tobias kann sich an diesen beiden Dreiecken nicht sattsehen, dem linken, zum Spiegel hin, und dem nach rechts weisenden, wo die Fenster sind, er legt sie übereinander, zerbricht sie, fügt sie neu zusammen, versetzt sie in Drehung, nur um immer wieder zu dem ersten, halb verhüllten und in Ruhe verharrenden Dreieck zurückzukehren. Er möchte die Schenkel des Mädchens auf dem Gemälde öffnen, möchte dieses zwischen Licht und Schatten wogende Fleisch streicheln, es berühren – in es eindringen. Ebensosehr möchte er die Haare des Mädchens beiseite schieben, ihren Kopf anheben, ihr Gesicht in seine Hände nehmen und in ihre Augen sehen, sie küssen. Doch so frei das Mädchen auch sein so köstliches Fleisch darbietet, verbirgt es sein Gesicht und verhüllt sein Geschlecht. Die Wolken galoppieren, die Vögel jagen schreiend vorüber, die Bäume schwanken und schütteln ihre Zweige. Der Wind, ein mächtiger Wind vom Meer, pfeift ums Haus, fällt das Steilufer an und bricht in den Salon ein, faucht um die Wände, versetzt Bilder und Spiegelbilder in Wallung und kreiselt in Tobias, daß ihm schwindlig wird.

»Träumst du, Tobias?« fragt Rafael, der von seinem Sessel aufsteht. Tobias zuckt zusammen, sieht seinen Gefährten entgeistert an. Er hat nichts mitbekommen von der langen Unterhaltung der beiden Männer, er hat nicht gehört, daß Raguël soeben vorgeschlagen hat, in sein Atelier hinüberzugehen. »Gefällt Ihnen das Bild?«

fragt Raguël. »Es ist lange her, daß ich das gemacht habe, bald zwanzig Jahre.« Er sagt nicht, daß das Modell niemand anderes ist als seine Frau Edna, damals, als sie Sara erwartete, in den ersten Monaten der Schwangerschaft. »Heute male ich nicht mehr in der Art«, setzt er hinzu, »trotzdem, an dem Bild hänge ich. Überhaupt sind das hier im Salon alles Sachen von früher. Wenn Sie Lust haben, zeige ich Ihnen, was ich jetzt mache ... na ja, was ich zu machen versuche.«

Vor der Tür zum Atelier hält Raguël inne. »Im Moment quält mich eine Frage, meine Malerei ist mir ein Rätsel geworden, das Sichtbare gleitet mir aus den Händen ... Darum würde ich gern Ihre Meinung hören zu einer Arbeit, die mir merkwürdige Streiche spielt. Aber es wäre besser, Sie würden mir getrennt sagen, was Sie denken, damit nicht die Reaktion des einen die des anderen beeinflußt ... Ich muß der Sache auf den Grund kommen.« – »Geh du als erster«, sagt Rafael zu Tobias, »ich warte hier.«

Noch ganz von seiner glühenden Träumerei im Salon befangen, betritt Tobias das Atelier. Raguël weist ihm die Leinwand, die auf der Staffelei steht. »Was sehen Sie?« fragt er. – »Ein Gesicht ... ein Gesicht wie aus Schlamm, aus bläulichgrauem Ton, in dem Mund brennt ein sehr dunkles Feuer. Ja, ich weiß nicht.« – »Bleiben Sie dran, bleiben Sie dran«, beharrt Raguël. »Sehen Sie noch etwas anderes, hören Sie nicht etwas?« Tobias blickt aufmerksam hin, dann sagt er: »Ich höre nichts, nein. Es ist eher ein großes Schweigen, was von dem Gesicht ausgeht, und der Mund scheint beinahe zu lächeln ... ja, es ist ein Lächeln, auch wenn es etwas Unsicheres hat, sogar

Schmerzliches. Aber vielleicht täusche ich mich …« – »Ich fürchte, Sie täuschen sich gar nicht«, sagt Raguël mit auf einmal tonloser Stimme, »nur ich habe mich getäuscht. Ich danke Ihnen.« – »Warum sagen Sie das?« – »Ich wollte einen Schrei malen – herausgekommen ist dieses armselige, unsichere Lächeln!«

Tobias blickt eine Weile forschend auf die Leinwand. Von diesem deformierten, erdigen Gesicht geht eine sehr eigene Schönheit aus, und die Gewaltsamkeit, die es zerreißt, birgt seltsamerweise das Versprechen einer Befriedung. Plötzlich kommt ihm ein ungehöriger Gedanke: daß dieses Gesicht das des nackten Mädchens im Salon ist. »Sie ist es!« murmelt er für sich. – »Wie bitte?« – »Sie sollten das Bild so lassen, wie es ist«, sagt Tobias zu dem Maler. »Es ist schön gerade in seinem Unvollendetsein, seiner Erwartung.« – »Erwartung? Von was?« – »Von nichts eben, nichts Bestimmtem. Ich weiß nicht.« Er verschweigt, welche tiefe Ergriffenheit er vor dem Porträt verspürt und wie sein flammendes Begehren von vorhin sich dadurch verstärkt und klärt.

Tobias ruft Rafael, der im Flur gewartet hat. Nun betritt dieser das Atelier, und Tobias bleibt draußen. Er muß eine Weile allein sein, und er hat Durst, er muß trinken, muß Gesicht und Hände in kühles Wasser tauchen. Aber er weiß nicht, wo das Bad ist. Leise klopft er an eine Tür, öffnet sie spaltbreit, es ist nur eine Abstellkammer. Er klopft an eine andere Tür, blickt vorsichtig hinein, es ist ein Zimmer. Noch bevor er die Tür wieder schließen kann, sieht er ein Mädchen aufspringen und sofort rückwärts zur Wand laufen. Sie hat große, irisblaue Augen,

wirre schwarze Haare und ist ganz bleich. Ohne zu überlegen, tritt Tobias über die Schwelle. »Sie also sind es!«
entfährt es ihm halblaut. Er meint das Modell von Akt
und Porträt. Für ihn gehören beide Bilder zusammen,
sind ein und dieselbe Person, und er staunt, daß er sie
leibhaftig vor sich sieht, daß er an der Quelle angelangt
ist. Aber das Mädchen wirft sich gegen die Wand, als
wollte sie sich darin verkriechen, sich unsichtbar machen.
Sie hält eine Hand vor den Mund, um einen Schrei zu er-
sticken, ihre Augen glänzen vor Tränen und vor Angst.
Aber Tobias ist außerstande, angemessen zu reagieren, er
ist seiner nicht mehr Herr. Er befindet sich nicht mehr im
Schwebezustand seiner Träumerei, er hat den Raum eines
allmächtigen Traums betreten, der die Wirklichkeit über-
flutet. Und er macht noch einen Schritt. »Sie sind es!«
sagt er wieder. – »Gehen Sie!« stößt das Mädchen endlich
atemlos hervor, »gehen Sie, sonst sterbe diesmal ich.« Er
schaut sie schweigend an, während er regungslos auf der
Stelle verharrt, er lächelt ihr zu wie jemand, der nach sehr
langer Abwesenheit ein geliebtes, geduldig erwartetes
Wesen wiedersieht, dann zieht er sich auf Zehenspitzen
zurück und schließt lautlos die Tür.

*

»Es scheint, wir haben in Raguëls letztem Bild beide das
gleiche gesehen«, sagt Rafael zu Tobias, als sie das Haus
gegen Abend verlassen. Tobias hat weder Lust noch In-
teresse, darüber zu reden, er ist zu tief erregt. »Ja«, sagt
Rafael, »wir haben beide ein Lächeln gesehen, wo er alles
darangesetzt hatte, einen Schrei zu malen. Er hat lange

darüber gesprochen.« – »Über seine Tochter?« fragt Tobias. – »Nein, über Francis Bacon. Der fasziniert ihn. Und über Caravaggio, besonders über seine *Gefangennahme Jesu*. Er analysiert dieses Bild filmisch, beinahe wie ein Kriminalist – er spürt dem Schrei nach, den der Jünger in die Nacht von Gethsemane ausstößt, verfolgt dessen Abwandlungen, vermutet sogar, daß der Vorgang sich bis in den Hintergrund fortsetzt ... He, hörst du mir überhaupt zu?« Nein, Tobias hört ihm nicht zu, er hört überhaupt nichts. Er will Sara wiedersehen.

Dreimal hat er sie gesehen – zuerst ihren Körper, dann ihr Gesicht und schließlich sie selbst, ein kleines Tier mit weit aufgerissenen Augen, so verletzlich, so voller Angst, und so wild rebellisch.

Sara ist weggelaufen. Sie fühlt sich nirgends mehr sicher, nicht mal mehr in ihrem eigenen Zimmer. Sogar ihren Eltern kann sie nicht mehr vertrauen, sie haben es nicht fertiggebracht, ihr diesen Fremden vom Leibe zu halten. Wo kam dieser Junge her, was wollte er, wieso hat er immer wieder gesagt: »Sie sind es!«? Wer, Sie – die Hexe, die Verruchte, die Mörderin?

Sie läuft am Ufer entlang, das Gesicht mit einem langen roten Seidenschal verhüllt, den sie von der Kommode im Flur gegriffen hat. Sie läuft zu dem Ponton ihres Vaters in Richtung Meschers. In der Holzhütte überm Wasser wird niemand sie aufstöbern.

»Laß uns noch ein Stück an der Steilküste entlanggehen, solange es hell ist«, schlägt Rafael vor, »es tut gut, Licht zu tanken, bevor es Nacht wird.«

Der Hund springt um sie her, manchmal kommt er, erbettelt sich eine Liebkosung, dann saust er munter kläffend wieder los. Aber auf einmal verlangsamt er, schnuppert, biegt ab zu einem Ponton und setzt sich vor das Gatter. Tobias geht weiter, ohne zu bemerken, wo der Hund geblieben ist. »Dein Hund hat uns die Gesellschaft aufgekündigt«, sagt Rafael nach einer Weile. – »Wo ist er?« – »Da hinten, vor dem Ponton dort hält er Wache.« Tobias ruft, pfeift, aber der Hund rührt sich nicht, wendet nicht mal den Kopf nach ihm. »Was fällt dem denn ein?« fragt Tobias ärgerlich. – »Er wartet, daß du kommst. Hunde tun nichts ohne Grund.« – »Er hat zu kommen! Ich sehe nicht ein, aus welchem Grund er sich vor einer leeren Hütte aufpflanzt!«

Tobias hat noch nicht zu Ende gesprochen, da packt ihn Rafael bei den Schultern und rüttelt ihn. »Wenn ein Hund nichts ohne Grund tut«, sagt er mit aller Energie, »dann doch wohl, weil er eine Witterung hat, was bei dir offenbar nicht der Fall ist! Ist dein Herz denn so in sich verkapselt, daß es nichts spürt, wenn du an derjenigen vorübergehst, in die du dich gerade erst verliebt hast? Denkst du, es reicht, sich an Bildern zu berauschen? Oh, nein, man muß auch seine Wahrnehmung so verfeinern, daß man mehr sieht, als was offen zu Tage liegt, daß man hinter dem Sichtbaren das Unsichtbare erspürt. Du liebst noch nicht, wenn dein Blick nicht über die Grenzen des Sichtbaren hinausreicht, wenn dein Ohr im Schweigen nicht ein Raunen und Seufzen vernimmt, wenn deine Hände den anderen nicht über eine Entfernung hinweg erfühlen. Nein, du liebst noch nicht.« Und Rafael schubst ihn von sich. Im ersten Moment ist Tobias sprachlos, erschrocken über diesen plötzlichen Angriff, vor allem aber getroffen von den Worten, die der andere ihm versetzt wie Ohrfeigen. Nach und nach ordnet er seine Gedanken, und er wird sich bewußt, wie richtig Rafaels Worte sind. »Was soll ich tun?« fragt er. – »Nicht vorübergehen an deinem Glück! Weißt du noch das zehnte Gebot, über das ich letztens sprach?« – »Ja. ›Du sollst nicht begehren deines Nächsten Haus, Acker, Knecht, Magd, Ochs, Esel, noch alles, was sein ist.‹« – »Richtig, das heißt aber nicht, daß du, wenn deine Stunde gekommen ist, dich nicht getrauen sollst, dein Schicksal in die eigenen Hände zu nehmen. Die Kehrseite dieses Gebots, besser gesagt, seine Ergänzung ist, daß man erkennen soll, was einem zusteht, worauf man ein Recht hat und was man sich anzueignen verpflichtet ist, ohne jemandem etwas zu rauben.« – »Aber Sara will nicht, daß man in ihre Nähe kommt. Wie soll ich zu ihr gehen, ohne sie zum zweitenmal zu erschrecken und vielleicht ein Drama heraufzubeschwören?« – »Geh hin, ohne Furcht und Bangen, auch ohne Ungeduld oder irgendwelche Begier, mach dich so leicht du kannst, wappne dich mit Ruhe und Vertrauen, wolle nichts – nur Saras Erlösung. Nimm die Angst von ihr, befreie ihr Fleisch und ihren Geist aus der Kerkerhaft, vertreibe die sieben Gespenster, die in ihr spuken, bring ihr Stille und Klarheit.« – »Was du mir da empfiehlst, ist gut und schön«, sagt Tobias, »aber was nützen mir deine Reden, wenn ich vor ihr stehe und sie nichts hört und sieht als ihre Gespenster? Da ist doch jedes Wort vergebens …« – »Glaubst du so wenig an die Macht der Worte?« unterbricht ihn Rafael. »Hast du die

Gedichte vergessen, die du als Kind gelesen und aus-
wendig gelernt hast? Und was ist Saras Krankheit anderes als ein großer Schwall anklagender Worte, die ihr Tag
und Nacht in den Ohren klingen? Du mußt dieses un-
aufhörliche Getöse in ihr zum Schweigen bringen.
Außerdem habe ich dir einen Schlüssel gegeben, die Tür
zu ihrem Wahn zu öffnen, es ist Zeit, ihn zu gebrau-
chen.« – »Was für einen Schlüssel?« – »Zunge und Herz
des Fisches, den wir am ersten Tag gefangen haben.
Gleich wenn du die Hütte betrittst, wirf sie auf den Boden, und es wird sich Schweigen verbreiten. Übertritt die
Schwelle erst Augenblicke später, zuerst soll das Schweigen den Ort ganz erfüllen. Danach ist es deine Sache, die
richtigen Worte zu finden. So, nun geh und tu, wie ich
dir gesagt habe.«

✳

Tobias geht zu dem Ponton, seine Hand umklammert
die Blechbüchse mit Zunge und Herz des Fisches. Der
Traum, der vorhin in ihm flammte und ihm Leib und
Seele zum Tanzen brachte, erhebt ihn wie eine Welle, die
immer mehr Höhe und Schwung gewinnt und immer
durchsichtiger wird.

Ihm ist zumute, als ginge er sich selbst entgegen.
Nicht mehr der Schatten seiner Kindheit flieht heute
zitternd vor ihm bei jedem seiner Schritte, er fühlt eine
neue, unbekannte Kraft in sich, die ihn trägt. Er fühlt
sich von jedem Schatten frei.

Der Hund hat sich nicht von der Stelle gerührt, er
hebt nur den Kopf, als sein Herr an ihm vorübergeht,
und folgt ihm mit den Augen. Tobias betritt den Brücken-

192

steg. Der Wind umpfeift ihn mit aller Macht. Er öffnet die Tür zur Hütte. Sara, die sich auf das Fensterbrett gelehnt hat und aufs Wasser hinausschaut, fährt erschrocken herum. Sie sieht in der Tür denselben Fremden stehen, der vor ein paar Stunden in ihr Zimmer eingedrungen war, und ihre Angst wächst ins Maßlose, all ihre Kräfte und ihr Verstand geraten ins Wanken. Aber noch bevor sie einen Schrei ausstoßen kann, wirft Tobias Herz und Zunge des Fisches zu Boden. Da kommen Angst und Wahn zur Ruhe, und der Schrei, der noch eben schrill hervorbrechen wollte, verkehrt sich in Schweigen. Ein klingendes, leuchtendes Schweigen in dem schon dunklen Abendblau.

Der Wind legt sich, gleicht sich dem Atem der beiden an, die sich in der Bretterhütte über dem Strom, am Saum der Nacht, gegenüberstehen. Langsam, ganz langsam, zeichnet sich auf Saras Lippen ein Lächeln. Auch Tobias lächelt, und er geht auf sie zu. In diesem Augenblick wird er vom Kamm der Welle emporgetragen, die Traum und Wirklichkeit vereint.

Währenddessen suchen Edna und Raguël überall ihre Tochter. Schließlich gehen sie hinaus und suchen das Ufer ab, dann die Grotten. »Wir sollten nachsehen, ob sie sich nicht etwa in die Hütte geflüchtet hat«, meint Edna.

Unterwegs treffen sie Rafael. Er begrüßt sie und erwähnt beiläufig, daß sein Freund bei den Pontons geblieben sei, dann verabschiedet er sich und geht weiter. Saras Eltern werden unruhiger mit jedem Schritt, sie sind starr vor Angst, als sie an dem Gatter anlangen, vor dem der Hund wacht, den sie wiedererkennen. »Laß uns nicht hineingehen, Edna! Wenn es wieder ein Unglück gegeben hat, ist Sara bestimmt nach Hause gelaufen oder woandershin. Kehren wir um. Ich gehe später noch mal her, wenn es dunkel geworden ist und das Wasser hoch steht. Wenn auch dieser Junge tot ist, lasse ich die Leiche im Senknetz hinunter, lade sie in den Kahn und schaffe sie aufs Meer raus, dann erfährt niemand, daß wieder was passiert ist. Sollen die Leute glauben, er habe sich aus dem Staub gemacht. Komm!« Und sie verlassen schleunigst den Ort.

Der zweite Blick

Und er konnte seinen Sohn sehen, fiel ihm
um den Hals und sagte unter Tränen: (...)
»Ich darf meinen Sohn Tobias wieder sehen.«

Das Buch Tobit, XI, 13–14.

Die Nacht breitet sich trübe und schwer übers Moor. Der Pfau ist gestorben, aber sein klagender Ruf gellt noch manchesmal durch die nächtliche Stille. Mit den Stimmen der Menschen und Tiere, die man geliebt hat, ist es wie mit den Gerüchen, die sie an sich hatten: sie überdauern den Tod. Der Pfauenschrei geistert noch genauso ums Haus, wie sich damals der Glyzinienduft in der verwilderten Liebeslaube hielt. In Théodores Herz leben so viele Echos, so viele lebendig gebliebene Spuren fort.

Er legt die Stirn an die Fensterscheibe. Aber was er berührt, ist nicht sein Widerschein, es ist die Erinnerung an Anna. Er sieht – wie einen Hauch nur – das reine Oval ihres Gesichts, ihre glänzenden schwarzen Augen, ihren ernsten Mund. Tränen hat er keine mehr, nur seinen ewigen Gram, seinen zähen, treuen Kummer.

Er öffnet das Fenster, streckt seine Stirn ins Dunkel und wundert sich, daß die Nacht nicht weichen will. Hoch am fernen Himmel glimmen matt und kalt ein paar Sterne. Wenn doch einer aus der Unendlichkeit herabfallen und seine Stirn treffen wollte, damit seine Gefangenschaft auf der Erde ein Ende hätte. Oder wenn einer doch dorthin fallen wollte, wo Annas Kopf liegt, und ihm das Versteck enthüllte, das er seit fünfzehn Jahren sucht.

Immer noch ruht ihr Körper verstümmelt im Grab, Théodore wünscht so sehr, daß es ihm vor seiner Todesstunde vergönnt werde, ihren Kopf zu finden und ihn bei ihrem Körper zur Ruhe zu betten. Er schaut in die Nacht, forscht nach einem Zeichen, aber kein Stern rührt sich, nur der kalte Schein dringt ihm bis ins Mark. Er schließt das Fenster, legt sich wieder auf den Diwan, obwohl er weiß, daß er nicht schlafen kann. Was ihn als einziges tröstet, ist die Aussicht, daß Tobias bald wiederkommt. Fast eine Woche ist sein Sohn jetzt fort, die Einsamkeit wird langsam drückend.

Die Nacht liegt überm Moor, mächtig und still. Arthur ist tot, sein Geschrei, seine Flüche, seine Drohungen sind auf immer verstummt. Valentine hat ihre Ruhe. Sie lebt in Frieden mit sich und der Welt, und mit der Erinnerung an Arthur.

Aber um Erinnerung handelt es sich eigentlich noch nicht, eher um ein An-ihn-Denken. Denn sie denkt an ihn mit Sorge und großem Mitleid. Er, der Gewalttätige, ist gestorben, wie er gelebt hat, in Geschrei und Wahn. In vollkommener Verwirrung. Sie versucht sich vorzustellen, wie er ins Totenreich gepoltert kommt, wie er nun seine Reise ins Unendliche antritt. Sie wünschte, sie könnte ihm helfen, ihn führen, vor allem, sie könnte diesen schrecklichen Radau in ihm stillen, der sein Leben als Mensch übertönt, sein Herz verwüstet und seine Liebe vergiftet hat, denn daß ein solcher Radau mit dem letzten Atemzug aufhört, das glaubt sie nicht, der dauert an, meint sie, und setzt seiner Seele jetzt doppelt zu.

Ob er wohl endlich ihre in Traum und Stille versunkene Stimme hört, ob er endlich das Licht sieht und ihr treues Herz schlagen fühlt, das ihm nun schwesterliche Zärtlichkeit schenkt? Ob er jetzt das Geheimnis und die Macht der Liebe begreift?

Sie tritt auf die Schwelle des Hauses, hebt das Gesicht zum Himmel. Fern blinken ein paar blasse Sterne. Sie hebt Stirn und Hände zu den Sternen empor. Wenn sie doch heller glänzen, schaukeln und tanzen wollten und sie sie als Boten zu Arthur senden könnte, damit sie ihm ihre Vergebung überbrächten – und ihre Bitte um seine Vergebung. Denn sie weiß ja, daß er nicht allein schuld war. Er trug einen Zorn in sich, den er nicht beherrschen konnte, der ihn unterjocht hat, und sie hat ihn nicht davon befreien und diese stampfende Wut in ihm besänftigen können. Sie hätte sich wehren, sich auflehnen müssen, statt all die Jahre neben ihm dahinzudämmern, sie hat ihn ebenso allein gelassen, wie er sie in Einsamkeit und Angst allein gelassen hat. Sie hat sich zum willigen Opfer gemacht und sich dadurch mit dem zerstörerischen Übel in ihm verbündet. Sie haben beide sinnloses Unglück gelitten, jeder für sich, einer hat die Verzweiflung des anderen nur vermehrt. Aber jetzt, nachdem alles aufgebraucht ist, wird es Zeit, einander zu vergeben und zu trösten.

Sie steht in der Tür und singt. Sie singt leise, wie an dem Abend, als sie den Totenkuchen in Gesellschaft der vier unsichtbaren Frauen gegessen hat. Sie bittet die Frauen, sich Arthurs anzunehmen, ihn auf den Weg der Auflösung in Stille und Licht zu führen. Jenen Weg, den sie im Traum gesehen hat auf ihrer Reise ins Blaue.

Aber auf einmal fühlt sie sich bedrückt, die Stimme erstirbt ihr im Mund. Im Dunkeln dort drüben lauert etwas wie ein massiges Tier, ein wundes und daher um so böseres Tier. Es ist der riesige Bau des alten Brennofens, ein Tier aus Stein und Ziegeln, mit Eingeweiden aus Asche, Scherben und Staub, ein Tier, das sich all die Jahre vollgefressen hat an Arthurs Gebrüll und Haß, das aber jetzt ausgehungert gegen sich selber wütet und anknurrt gegen das befriedende Lied. Valentine kehrt rasch zurück ins Haus.

※

Die Nacht steht unheimlich über der Mündung des Stroms. Ist dieser Tobias genannte junge Mann nun auch tot wie die sieben anderen? War er wirklich so verwegen, Sara zu suchen, sie zu umarmen und zu küssen?

Ein Kahn gleitet durch die Nacht. Edna sitzt zusammengekauert im Heck, Raguël rudert lautlos. Sie wagen kaum zu atmen, meiden einer des anderen Blick. Wird dieser Mund des großen Stroms unter den zahllosen Geschichten, die er ohne Ende zu erzählen weiß, binnen kurzem wieder einen Schiffbrüchigen verschlingen und im Rhythmus der Gezeiten eine neue düstere Sage von Sara wissen? Raguël steigt ans Ufer, stößt den Kahn ins Wasser zurück, sagt zu Edna, sie solle unterm Senknetz auf ihn warten. Edna ergreift die Kellen und rudert zum Ponton. Raguël klettert hinauf zum Brückensteg, der Hund schläft vor der Gattertür, er wacht nicht auf, zuckt nicht einmal, als Raguël an ihm vorbeigeht. Ist er etwa auch tot? fragt sich Raguël mit wachsender Angst. Er geht um die Hütte herum, vergewissert sich, daß Edna auf ihrem Posten ist. Kahn und Senknetz schaukeln leise im Gleichklang. Schließlich nähert er sich der Hütte, öffnet vorsichtig die Tür. Er ist auf das Furchtbarste gefaßt, doch sofort denkt er, daß seine schlimmste Erwartung noch übertroffen ist. Am Boden liegen zwei Körper, aber so eng verschlungen, daß Raguël den seiner Tochter nicht gleich erkennt. Sie sind nackt, unter ihren verworrenen schwarzen Haaren ist etwas Dunkelrotes zu sehen. Blut, denkt Raguël, Blut aus ihren beiden Köpfen. Er beugt sich über sie, betastet die Haare, den roten Fleck, der Fleck faßt sich trocken und seidig an wie die Haare, es ist nur ein Schal unter den Köpfen der Schläfer.

Denn beide schlafen ganz friedlich und tief. Raguël hört ihre leisen Atemzüge. Er berührt die Schläfer an den Schultern, ihre Haut ist warm. Er hebt mit den Fingerspitzen die dunklen Locken von den Gesichtern. Die beiden liegen Stirn an Stirn, spiegelgleich die Profile, die Klarheit des einen Gesichts erhellt das andere, das Lächeln des einen Mundes umspielt auch den anderen.

Raguël richtet sich auf, und endlich begreift er, daß die milchige Helle der beiden Leiber im Dunkeln nicht von den wenigen Sternen am Himmel kommt, sondern daß sie von ihnen selbst ausgeht und daß die Stille, die den Ort zwischen dumpfem Wasserrauschen und heulendem Wind erfüllt, aus ihrem Schlaf erwächst. Aber Raguël forscht nicht länger Geheimnissen nach, er betrachtet das in sein eigenes Licht und in die Intimität einer großen Stille gehüllte Paar, und ihm offenbart sich die Schönheit auf ganz unerwartete Weise. Ein Glück durchströmt ihn, wie er es nie gekannt hat, nicht einmal in der innigsten oder lustvollsten Liebe oder beim Malen, und es wirft seine Weltsicht um. Er beugt sich noch einmal hinab, streichelt seinem Kind übers Haar, auch wenn das kaum zu unterscheiden ist von dem dieses zweiten, ihm geschenkten Kindes; dann zieht er sich zurück, sorglich achtend, daß er ihren Schlaf, ihre Gemeinsamkeit nicht störe.

Er verläßt den Ponton, klettert zum Ufer hinunter, gibt Edna ein Zeichen. Langsam nähert sich der Kahn. »Komm«, sagt Raguël zu seiner Frau, »wir lassen den Kahn hier und gehen zu Fuß.« – »Wo ist Sara? Was ist da oben passiert?« – »Passiert ist ein Wunder. Unser Kind lebt, und Tobias auch. Sie haben ozeanische Hochzeit gefeiert. Und wir beide mit unserem Grab in den Wellen!« Er bricht in helles Lachen aus, faßt Edna bei der Hand und zieht sie im Laufschritt mit über die Felsen. Edna will ihn aufhalten, stellt ihm Fragen. Er bleibt einen Moment stehen, legt seiner Frau eine Hand auf den Mund. »Laß, versuch nicht gleich alles zu verstehen.«

✻

Die Nacht ruht über der Mündung des Stroms, so kurz, so flüchtig. Ein Komma in der Ewigkeit. Rafael sitzt auf der Stützmauer der Kirche Sainte-Radegonde von Talmont. Zu seinen Füßen rauscht das Wasser. Er weiß, in dieser Nacht wurde der Tod besiegt: Dort stromab, in einer luftigen Hütte, hat sich das Begehren zweier Wesen erfüllt, und dieses Begehren wird wachsen. Zu dieser Stunde sterben überall auf der Erde Männer, Frauen, Kinder. Sie sterben in Ängsten, Aufbegehren, Leiden oder Einverständnis. Und während die einen sterben, werden neue Wesen geboren, die noch nichts wissen, noch ganz Vergessen und Sorglosigkeit sind, aber die sich auch bald mit Ängsten, Leiden und Hoffnungen tragen und die Herrlichkeiten und Schrecken des Begehrens durchleben werden. Er aber ist jenseits von Erinnerung und Vergessen, von Angst und Verlangen, in höchster Liebe, Weisheit und Entsagung. Er wacht, er sinnt. Noch ist er nicht am Ende seiner Fahrt. Er denkt an den alten Mann, den Vater von Tobias, der in seiner Trauer, seinem Gram auf Erlösung wartet. Seine Stunde ist nahe.

Das Gestade ruht in der Nacht. Rafael hebt den Kopf zum Himmel, sieht die Myriaden Sterne, er kennt einen jeden beim Namen. Auch sie werden geboren und sterben, jeder hat seine Geschichte, sein Glühen, seine Bahn, seine Agonie, wie die Menschen. Aber die Menschen brauchen die Sterne so nötig als Boten, sonst könnten sie die Bekundungen ihres eigenen Herzens nicht verstehen, nicht die verworrenen Fäden ihres Schicksals entwirren. Denn sie sind eher wie der Mond, der durch graue Wolkenschleier scheint; das Licht, das sie manchmal verbreiten, kommt nicht aus ihnen selbst, es kommt von weiter her, und sie geben es mehr oder weniger hell und reich wieder, je nach der Lauterkeit und Geduld ihres Herzens.

Ein Menschenschicksal – was ist nichtiger, was ist größer? Rafael wägt in seinen offenen Händen diese Nichtigkeit und dieses unerhörte Wunder. Er entscheidet nicht, die Waage schwankt. Jedes Schicksal wiegt wie eine Feder und ist doch schwer wie die Welt. Und jedes Schicksal kann sich jeden Augenblick zum Leichten,

Durchsichtigen neigen oder aber zu Schwere und Undurchdringlichkeit.

Rafael lauscht in die Nacht und schaut, mit allen Sinnen, ganzem Herzen. »Die Himmel erzählen die Ehre Gottes, und die Feste verkündigt seiner Hände Werk. Ein Tag sagt's dem andern, und eine Nacht tut's der andern kund.« Der Psalm spricht wahr, aber wie vielen auf dieser Erde ist es gegeben, eine solche Botschaft wahrhaft zu begreifen? »Ohne Sprache und ohne Worte, unhörbar ist ihre Stimme. Ihr Schall geht aus in alle Lande, und ihr Reden bis an die Enden der Welt.« So unendlich viele Streichungen, Risse und Besudelungen machen es schwer, diesen Text der reinen Transparenz noch zu entziffern. Wie sollen die Menschen da nicht ständig in Zweifeln und Ängsten versinken?

Allmählich wird der Himmel fahler, Rafael verläßt sein Kap und geht durch die von Stockrosen gesäumten, stillen Gassen davon.

Am Morgen findet er Tobias in der Grotte, wo sie in der Nacht zuvor geschlafen haben. Tobias redet nicht, er lauscht dem Gesang, der unter seiner Haut, in seinem Blut und seinem Fleisch tost, ein Gesang der Wollust, des unaussprechlichen Glücks. Ihm ist, als wäre er zum zweitenmal geboren, als wäre sein Körper frisch zur Welt gekommen. Ein neuer Körper, soviel lebendiger, soviel mehr empfindend als der alte. Er hat die Schatten der Vergangenheit, die grauen Säfte der Melancholie überwunden.

Rafael stellt keine Fragen. Er läßt den Gefährten im Wachzustand seinem wunderbaren Traum folgen, den er in dieser Nacht erlebt hat, als er sich mit Sara vereinigte und umschlungen mit ihr schlief. Beide sind sie in die tiefsten Gründe des Schlafs hinabgesunken, in jene Urgründe, in denen Eva aus Adams Rippe kroch oder Adam aus Evas Schoß. Von einem solchen Schlaf erhebt man sich verwandelt, unendlich anders, und am frühen Morgen staunt man über diese strahlende Wiedergeburt, diese Metamorphose des Fleisches und des Herzens. Dann braucht man Zeit, die Veränderung in sich zu ermessen, die Weite der so neuen inneren Räume zu schauen, von denen man bis zu dieser Begegnung, Vereinigung und Lust keine Vorstellung hatte.

Nach langem Schweigen legt Rafael Tobias eine Hand auf die Schulter. »Ich werde allein nach Bordeaux gehen«, sagt er, »und diese Sache erledigen, mit der dein Vater dich beauftragt hat, du brauchst mir nur die Dokumente anzuvertrauen. Bleib du bei Sara. Du hast sie aus ihren Ängsten erlöst, sie hat dich von deinen Nöten befreit. Ihr seid miteinander quitt und seid euch gleichzeitig verpflichtet. Jetzt liegt es an euch, dieses Geben-und-Nehmen-Spiel auszubauen, damit es, so veränderlich und heikel es immer sei, weitergehen und Früchte tragen kann. Ihre Eltern werden dich wie einen Sohn aufnehmen, weil du ihre Tochter gerettet hast. Geh hin, dein Platz ist bei Sara. In drei, vier Tagen bin ich zurück, dann kehren wir heim zu deinem Vater, dem du sicher schon zu lange ausbleibst. Es ist Zeit, daß er Frieden findet, auch er wartet auf Erlösung.«

Und Rafael macht sich auf den Weg nach Bordeaux, Tobias aber geht zu Sara.

*

Einige Tage später sind beide zurück im Moor. Als sie in die Nähe des Friedhofs kommen, bleibt Tobias stehen, er hat das Verlangen, sich einen Moment am Grab seiner Mutter und an Deborahs Grab zu sammeln.

Kletterpflanzen mit noch zartgrünen, lanzettförmigen Blättern überwuchern den Hügel, unter dem Anna liegt. Am Ende des Hügels steht ein Rosenstrauch, er hat blaßgelbe, orangen geäderte Blüten. Noch in der Erde verwandelt sich die kopflose Tote in Blumen, so wie sie Théodore vor fünfzehn Jahren erschienen war. Tobias wundert sich über den Rosenstrauch und fragt sich, wer ihn gepflanzt haben mag, sein Vater kann es nicht gewesen sein, er weigert sich beharrlich, den Friedhof zu betreten. An Deborahs Grab erwartet ihn die gleiche Überraschung. Sonnenblumen erheben ihre dicken, leuchtendgelben Kronen zu Häupten der Steinplatte, die mit der Zeit grau geworden ist. Noch in der Erde richtet die alte Deborah durch diese Pflanzen, die den ganzen Tag ihre rauhen Stengel drehen, um stets der Sonne zugekehrt zu sein, ihre Frage ins Unsichtbare. »Kann man hinaufgehen in den Himmel hinein und Gott fragen: Darf so was sein?« Nun ist es schon Jahre her, daß Deborah in den Himmel gegangen ist, aber die Frage, die sie ihr ganzes Leben immer wieder gestellt hat, steht hier nun lebendig und starrköpfig in der Erde der Lebenden wie der Toten verwurzelt.

Und noch eine Überraschung gibt es für Tobias: Als er dem Ausgang zustrebt, fällt ihm am Ende einer Gräberreihe ein Stein ins Auge, auf dem der Name Arthur Lambrouste samt Geburts- und Todesdatum steht. So erfährt er, daß dieser Onkel, den er kaum kannte und der ihm lange Zeit nur Furcht und Mißtrauen einflößte, vor kurzem gestorben ist.

Aber von den Umständen seines Todes weiß er so wenig wie von Valentines plötzlicher Genesung. Er ahnt auch nicht, daß sie es war, die die Rose und die Sonnenblumen gepflanzt hat.

Valentine ist aber bei Théodore, als Tobias in Rafaels Begleitung endlich heimkommt. Sie gehe jetzt gerne aus, hört er, fühle sich woanders sogar wohler. Denn immer gegen Abend sei sie seltsam bedrückt in ihrem Haus zwischen dem Trockenschuppen und dem alten Brennofen, so als ginge dort noch immer Arthurs Geist um in Groll und Trostlosigkeit. Sie habe vor, in Deborahs leerstehendes Haus zu ziehen und ihres zu verkaufen.

Tobias berichtet dem Vater von seiner Reise und daß das verliehene Geld bald eintreffen werde. Er erzählt auch von dem Besuch bei Raguël und von seiner Begegnung mit Sara, die nächstens kommen werde; aber er verschweigt, unter welcher düsteren Legende das Mädchen litt. Nicht daß Tobias diesen schwarzen Schatten in ihrer Vergangenheit unterschätzt, er will nur die Gegenwart nicht damit belasten, und er wünscht sehr, es könnte auch für seinen Vater so sein.

Am folgenden Tag, als sie an einem Wasserlauf entlanggehen, sagt Rafael zu Tobias, daß die Zeit nun gekommen sei, Abschied zu nehmen. »Noch heute breche ich auf.« Tobias hat den Augenblick gefürchtet, in dem der Freund ihn verlassen würde, zumal er ahnt, daß er ihn lange nicht wiedersehen wird, vielleicht nie. Rafael ist unverhofft in sein Leben getreten und hat es mir nichts, dir nichts umgekrempelt. Und ebenso, das wußte er, würde er wieder gehen, immer dem Wind, dem Licht nach, würde da und dort anhalten, je nach dem Ort und den Begegnungen, die der Zufall mit sich bringt. Dabei fühlt Tobias, daß dieser Zufall eigentlich gar keiner ist, vielmehr daß Rafael es vermag, dem scheinbar Zufälligen den Charakter der Folgerichtigkeit zu geben, und damit vor allem eine geheimnisvolle zweite Dimension. Er möchte so gern, daß der Freund länger bei ihm bleibt, aber er weiß, daß man einen Vagabunden wie Rafael nicht halten kann. »Du wirst mir fehlen«, sagt er schlicht, mehr wagt er von seiner Traurigkeit nicht zu sagen. – »Ich vergesse dich nicht«, antwortet Rafael, »ich vergesse keinen, den ich kennengelernt habe und mit dem ich Freund geworden bin ... Aber was ist das dort hinten für ein Turm?« – »Das ist kein Turm, es ist der Schornstein eines alten Brennofens.« – »Von der Ziegelei, von der deine Tante sprach? Den würde ich mir gern noch ansehen, bevor ich weiterreise.«

Sie treffen Valentine nicht zu Hause an und schlendern ein wenig über den Hof. Im Trockenschuppen flattern Bettücher und Kopfkissen auf der Leine. »Das andere Gebäude ist sicher verschlossen«, sagt Tobias. »Arthur hat jedermann den Zutritt verboten, er hütete sein Reich wie ein bissiger Köter. Das Innere muß in erbärmlichem Zustand sein.« – »Sehen wir doch mal nach.«

Die Tür ist tatsächlich verschlossen, aber Rafael findet ein Stück Draht, dessen Ende sich zurechtbiegen läßt. Er steckt diesen Nachschlüssel ins Schloß, dreht ihn geschickt hin und her. »Siehst du, kein Problem, Arthurs Vorsichtsmaßnahmen waren ziemlich überflüssig!« Damit betritt er das Gebäude, Tobias folgt ihm nur widerstrebend.

In dem Bau ist es finster, es riecht stark nach Staub. Der Hund schnüffelt in alle Richtungen und knurrt verstohlen, er wittert noch andere Gerüche: Katzen, kleine Nager, Vögel, Fledermäuse waren hier, oder sie hausen noch in den Winkeln. Rafael beugt sich über ihn und fährt mit der Hand leicht über seine Nase. Sofort ändert der Hund sein Verhalten und läuft vor eine der Ofentüren, dort bleibt er stehen und stößt ein langes, hohes Winseln aus. »Was hat er jetzt wieder?« sagt Tobias. »So habe ich ihn ja noch nie heulen hören. Aber es ist auch wirklich etwas unheimlich hier, laß uns gehen.« – »Und wenn er wieder eine Botschaft für dich hätte wie neulich am Steilufer? Hast du vergessen, daß ein Hund nichts ohne Grund tut?« Tobias will seinem Freund nicht widersprechen, aber sehr überzeugt ist er nicht. Er kauert sich neben das Tier, streichelt seinen Kopf, um es zu beruhigen und vor allem um es zum Mitkommen zu bewegen. Der Boden ist mit Glasscherben übersät, er fürchtet, der Hund könnte sich verletzen, aber der rührt sich nicht vom Fleck. Da hebt Tobias das Tier hoch, nimmt es auf die Arme und drückt es an seine Brust. Halb scheut er selbst zurück und handelt nicht, aber er flieht auch nicht. Er wartet, ohne zu wissen worauf. Ein wirres Unbehagen erfaßt ihn, die seltsame Erregung des Hundes springt auf ihn über, dessen beschleunigter Herzschlag hämmert gegen seine Brust. Er weiß nicht so genau, ob das Verhalten von Hunden immer eine bestimmte Ursache hat; hingegen hat er begriffen, daß Rafael niemals ohne Grund handelt, deshalb überläßt er lieber ihm, was nun geschehen wird.

Rafael spürt, daß Tobias zurückschreckt, darum tritt er vor, und ohne ein Wort, mit sicheren Griffen sprengt er den Verschluß des Feuerlochs.

✳

Das Gesicht ist eingefallen, die Nase geschrumpft, der Teint ist wie rußiger Ocker. Die Augenlider stehen einen Spaltbreit offen, wie wenn jemand angestrengt nachdenkt. Die Lippen sind zu einer sonderbaren Spitze über dem Gebiß gekraust. Das Haar ist glänzend schwarz und endlos.

Als Rafael den Kopf aus dem Ofenschlund zieht, entrollt sich der Schopf mit unmerklichem Rauschen und fällt bis hinab auf den Boden. Das Gesicht wirkt inmitten dieser Haarflut noch kleiner.

Tobias starrt es an, den Hund fest in die Arme gepreßt. Er sieht, was sein Vater nie sehen durfte – den so lange verschwundenen Kopf der Reiterin, die geradewegs in den Tod galoppierte. Den fehlenden Kopf, der den Vater in den Wahn getrieben und seinen Schmerz versteinert hat. Er starrt auf das winzige Gesicht in der Nacht dieser phantastischen Mähne. Und wieder gleitet er aus dem vertrauten Feld der Wirklichkeit. Die Zeit steht still. Aber diesmal ist es keine Verzückung, kein Entrücktwerden in wunderbare Räume, wie es war, als er vor Sara stand. Nein, diesmal ist es die jähe Begegnung mit der Finsternis.

Vor sich hat er das Gesicht seiner Mutter, die Lider sind

210

gesenkt, der Mund ist mit Härte, mit unergründlichem Schweigen geschürzt. »Mutter, ich weiß nicht recht, wie man die Toten findet ...« Aber nun ist sie da, ist wieder-gefunden, und viel grausamer tot als zuvor, als sie unauf-findbar war. »Ich bin so sehr du gewesen, der ich so wenig ich bin,/ Und so mit dir verwachsen, wir hätten gemein-sam sterben müssen ...« Aber sie sind nicht mit ihr ge-meinsam gestorben, nicht der Sohn, nicht der Vater. Anna ist allein gegangen, und sie hat einen großen Teil ihrer bei-der Herzen mit sich genommen. »Du brauchst kein Herz mehr,/ Du lebst von dir getrennt, als wärest du deine Schwester ...« Getrennt von den Ihren, getrennt von sich selbst, getrennt sogar vom eigenen Körper, der seit lan-gem in der Erde verwest – wie unendlich einsam seine Mutter ist! Wird es künftig anders sein? Brauchte sie nur wiederaufzutauchen, um nicht mehr sich selbst entfrem-det zu sein? Aber ist sie nicht eher ihm, dem Sohn, zur Fremden geworden? So vertraut, so unbekannt.

Tobias setzt den Hund an einer Stelle auf den Boden, wo keine Scherben sind. Er beugt sich hinab, ergreift das Haar und rollt es langsam wieder ein. »Halt es so«, sagt er zu Rafael, »ich bin gleich zurück.« Er geht hinaus, das Mittagslicht schmerzt ihn in den Augen, als wäre er eine Ewigkeit nicht im Freien gewesen. Er geht zum Schup-pen, nimmt einen Kissenbezug von der Wäscheleine und faltet ihn. Er kehrt zu Rafael zurück, hüllt den Kopf darin ein, und das Paket wie ein Wickelkind im Arm, verläßt er Arthurs Höhle. »Komm, mein Vater hat lange genug gewartet.«

*

Schön war es an jenem Tag damals, die Sonne flirrte durchs Laub. Doch auf einmal wurde es noch schöner. Denn Schönheit kann sich mit Grauen paaren, vor allem für einen haßvollen Blick.

Arthur war gerade durch die Laube gekommen, als er mitten auf dem Weg etwas Schwarzes, Rundes liegen sah. Ein Ball, dachte er, den Jungen verloren haben. Er bückte sich, und sekundenlang glaubte er, er hätte eine Halluzination. Im Schmutz, in einer Blutlache lag Annas Kopf mit der Reitermütze. Die schmalen Augenovale glänzten noch zwischen den Wimpern. Er sah sich um, sah die Hufspuren im weichen Boden und den schief stehenden Laubenbogen und den feinen, in der Mitte rötlichen Draht. Es war also keine Halluzination, es war tatsächlich der Kopf von diesem Satansweib. Was für ein Meisterstreich des Zufalls, was für ein Geschenk des Schicksals! sagte sich Arthur, versteckte das blutige Geschenk unter seiner Jacke und lief so schnell er konnte.

Mit welcher Schadenfreude betrat er sein Haus und schrie Valentine zu, die am Fenster saß und an einem Blusensaum nähte: »Das Teufelsweib hat sich selber geköpft, in der Liebeslaube, beim Reiten; der ist der Kopf abgesprungen wie ein Champagnerkorken, plopp!« Damit brach er in hämisches Gelächter aus. Valentine sah ihn verständnislos an, sie glaubte, er hätte schon wieder getrunken und redete im Rausch. Dann setzte er, halb erstickt vor Lachen, hinzu: »Siehst du, Tine, jetzt seid ihr beide gleich, die Hexe hat ihre Rübe verloren, genau wie du! Bloß daß es bei ihr endgültig ist!« Und er zog aus seiner Jacke den Kopf mit der Mütze hervor und schwenkte ihn vor Valentines schreckensstarren Augen.

»Siehst du, Tine, siehst du, ich habe nicht gelogen! Na, was sagst du jetzt?« Sie sagte gar nichts, sie schoß von ihrem Stuhl empor, daß er umstürzte samt Bluse und Nähzeug, wich zurück, stieß gegen Möbel und blieb zusammengesackt unterm Ausguß liegen; die Hände hatte sie vors Gesicht geschlagen, und sie schrie in gellend hohen Tönen, fast wie eine Katze.

Als sie die Hände von den Augen nahm, war Arthur verschwunden. Auf den Fliesen war verschmiertes Blut, sie nahm den Scheuerlappen, schrubbte auf allen vieren, schrie und schrie. Und je länger sie schrubbte, schabte, wischte, desto mehr verlöschte in ihr die Vision. Aber ihr Verstand war untergegangen, fünfzehn Jahre siechte sie in Umnachtung dahin. Und als er endlich wiederkehrte, blieb die Szene trotzdem aus ihrem Gedächtnis verschwunden.

Befriedigt von der erreichten Wirkung, machte Arthur auf dem Absatz kehrt, ließ Valentine unter dem Ausguß liegen und verzog sich in seinen Palast der erstorbenen Feuer. Er nahm dem Kopf die Mütze ab, so daß die langen Haare herabfielen. Endlich hatte er Macht über Anna, ganz zahm war sie jetzt, ganz klein, ganz unterwürfig, sein Eigentum war sie jetzt, sein Geheimnis, seine Rache an Théodore, den er immer beneidet hatte. Und auch Valentine gehörte ihm ab jetzt mehr denn je. Eine Mumie und eine Marionette, die selbstbewußte Schöne und die arme Einfalt! Wenn das nichts war! Er reinigte das Feuerloch, stopfte den Kopf hinein und verschloß sorgsam die Öffnung.

Jahrelang hatte er den Alkoven der Toten zugelassen,

der Kopf sollte trocknen. Ihm genügte es, daß er ihn beschimpfen, verfluchen und Flaschen gegen die Ofentür schmettern konnte. Er öffnete sie erst wieder an dem Tag, als ihm Valentine davongelaufen war. »Ah, wenigstens du bist da!« Der Kopf war leicht, aber das Haar war schwer, maßlos und dicht gewachsen im Lauf all der Jahre. »Hast wohl nichts wie Düsternis gefressen, daß dir so eine Stutenmähne gewachsen ist, hä? Kommt dir die Nacht aus dem Schädel?« Und er legte den Kopf auf seine Knie, glättete die Haare, putzte den Staub ab. Er verwechselte Anna mit Valentine. »So, siehst du, jetzt bist du schön wie am ersten Tag«, stellte er fest, ohne recht zu wissen, welche von beiden er meinte. Aber seine Zärtlichkeitsanwandlung währte nicht lange, er stopfte den Kopf wieder in das Loch und schlug die Tür zu. »Da, friß weiter Nacht, verdammtes Aas!« schrie er und fing an zu saufen.

Zum letztenmal explodierte seine Verlorenheit in verzweifeltem Zorn. »Verfluchte Stute du, und du, Tine, verfluchte Hündin! Die ganze Welt gehört auf den Misthaufen! Verfluchter Gott! Keiner von euch hat Mitleid mit mir gehabt. Alles Lüge, leeres Gequatsche, Verrat … Was? Wer redet da? Bist du das, Tine? Schlange, wo hast du dich verkrochen? Miststück, ich schlag dich tot, wenn ich dich erwische … holla, Musik!

Da lacht ihr, was? Und du, Gott, schweigst, das kenn ich, Hyäne du, aber euch werd ich's zeigen! Ah, diese Musik! Das dreht sich und stampft in meinem Schädel, Tine, du Kanaille, was rennst du durch meine Schläfen, halt an … Verfluchte Weiber alle, angefangen mit meiner Mutter – wer hat dich geheißen, mich in die Welt zu setzen, hä? Ich bestimmt nicht! Saubande, ihr, mit eurem Heiligengetue ... und du, Gott, bist du etwa auch ein Weib? Mich sollt's nicht wundern, wer veranstaltet denn die ganze Scheiße, wenn nicht du? ... Wer redet da? Ach was, keiner. Nie ist einer da. Alles Idioten. Und du, Anna, Satansweib, hörst du auf, mir den Kopf vollzudröhnen ... Na warte, Tine, dir werde ich's zeigen ... He, Musik!« Und jedesmal, wenn er nach Musik schrie, flog eine Flasche gegen den Ofen. Und über all seinem Zetern gegen Gespenster stürzte er mit seinem Hochsitz um und blieb zwischen Scherben und Erbrochenem liegen.

✻

Tobias hat seinem Vater den mumifizierten Kopf übergeben und ist gegangen. »Laß uns allein«, hat Théodore gesagt. Er nimmt die Reliquie seiner Liebe in seine Hände, betrachtet sie aufmerksam und still, dann drückt er seine Stirn an die Stirn der Toten und schließt die Augen. Lange verharrt er so. Als er sich endlich löst, blickt er in das Gesicht, das einer Maske aus dunklem Leder gleicht, und spricht zu Anna: »Wie lange habe ich auf dich gewartet, meine kleine Tote ... nun bist du da. Wie habe ich dich gesucht, gerufen, dich angefleht. Für dich habe ich den Verstand verloren, alle Lust zu leben, alle Hoffnung, dein Verschwinden hat mich in die Hölle gestürzt. Leer war die Welt, jeder Augenblick eine Qual. Nun endlich kommst du, erleuchtest meine Ödnis, löst die Knoten der Zeit. Vorbei sind Tränen und Dürre. Der Pfau ist tot, er hat aufgehört, seine Einsamkeit zu beklagen, jetzt sind seine Schreie auch in mir verstummt.

Dein Kommen söhnt mich aus mit Tag und Nacht. Dein Gesicht richtet mein Herz auf – verlaß mich nicht mehr, bleib bei mir.

Hör, wie mein neues Herz klopft, das ist die Freude, dich wiederzuhaben, und die Ungeduld, bei dir zu liegen. Unser Bett wird tief sein, aber wir werden die Erde sprengen und mitten in den Himmel fliegen. Dann tanzen wir über Wolken und Schnee, schweben im Sternenwind und schwimmen im Strom der Milchstraße bis an ihre Quelle.

Du bist mir vorausgegangen auf dieser Reise, du wirst mir den Weg weisen, und ich werde dich wie einen Schimmer Morgenröte an meinem Herzen tragen …«

Lachender Abschied

»Nicht weil ich euch eine Gunst erweisen wollte, sondern weil unser Gott es wollte, bin ich zu euch gekommen. Darum preist ihn in Ewigkeit ... Jetzt aber dankt Gott! Ich steige wieder auf zu dem, der mich gesandt hat. Doch ihr sollt alles, was geschehen ist, in einem Buch aufschreiben.«

Als sie wieder aufstanden, sahen sie ihn nicht mehr.

Das Buch Tobit, XII, 18, 20, 21.

Zum letztenmal geht Tobias neben seinem Gefährten. Rafael schleudert ein Stück Holz in die Weite, der Hund rennt ihm bellend nach, springt und erhascht es im Flug, dann kommt er zurück, den Stock zwischen den Zähnen. Er läßt ihn vor Rafael fallen und wartet aufgeregt hechelnd, daß das Spiel weitergeht.

An einem Wasserarm liegt ein halbverkohlter Kahn im Gras. Reste von einem Stuhl und Stoffetzen sind noch zu erkennen. Tobias bleibt stehen, schaut auf das schwarze Geripp nieder, und ihn packt heißer Zorn. »Arthurs Kahn! Dieses Scheusal konnte doch nichts wie zerstören, zerstören und Leiden anrichten! Bis zum Schluß ist dem nichts weiter eingefallen als Hölle zu spielen! Rauben, zerschlagen, verbrennen, verfluchen ...« Rafael legt ihm sanft eine Hand auf die Schulter. »Wozu entrüstest du dich und regst dich auf, mit welchem Recht verurteilst du? Hat dieser Mensch sich nicht mit einer Brutalität selbst gerichtet, die so groß war wie seine Verzweiflung? Muß man seine Qual noch verschlimmern?« – »Hat er meinen Vater nicht in den Wahnsinn getrieben? Hat er nicht den Körper einer Toten entweiht? Also, wozu das alles?« – »Das Böse ist immer auch Dummheit. Laß das Wrack hier vermodern, und deinen Zorn mit.« Der Hund kommt, den Bauch am Boden, seine

219

Augen blitzen vor Erregung, er hält seine Beute fest in den Fängen und knurrt, um seinen Spielpartner zum Kampf aufzustacheln, und springt immerzu rückwärts tänzelnd vor Rafael. Der nimmt die Herausforderung an, reißt dem Tier den Stock aus der Schnauze und wirft ihn so weit, daß er in dem kleinen Wäldchen jenseits des Wassers verschwindet. Rafael lacht vor hellem Vergnügen, während er zusieht, wie der Hund seinem hölzernen Wild nachstürzt, dann wendet er sich an Tobias. »Es ist Zeit für mich. Laß uns hier Abschied nehmen ...« Er umarmt Tobias, küßt ihn auf beide Wangen und geht, ohne sich umzudrehen.

Tobias bleibt die Stimme weg, so unvermittelt ist diese Trennung, und vor allem von einer Lässigkeit, die ihn fassungslos macht. Er hätte Rafael noch so vieles zu fragen, ihm noch so vieles zu sagen gehabt, er möchte ihn rufen, doch eine Scheu hält ihn davon ab. Er macht nur ein paar zögernde Schritte, da sieht er, daß Rafaels Schatten auf dem Weg nicht grau ist: fein golden zieht er sich hin wie ein Lichtstrahl, der im Frühling durchs Laub einer Linde bricht.

Der Hund kommt angerannt, stolz, daß er den Stock aufgestöbert hat, aber Rafael ist in der Zeit eines Wimpernschlags verschwunden. Der Hund läuft trotzdem, wo er gegangen ist, umspringt, beschnuppert den goldenen Schatten, der noch am Boden flimmert. Tobias geht zu dem Tier, hockt sich bei ihm nieder, berührt mit den Fingerspitzen das flirrende Licht auf dem Weg, und er fühlt seine Traurigkeit in ein wirres, unerklärliches Glück übergehen.

✻

Ein Fenster erstrahlt im Abend, und Musik sprüht von seinen Scheiben. Durch das Fenster sieht man zwei Gestalten sich drehen. Ein Paar tanzt einen schnellen, beschwingten Walzer.

Es sind nicht Mann und Frau, es sind Vater und Sohn. Der eine trägt einen schwarzen Anzug mit seidenem Revers und Borten, ein makelloses Hemd, der andere hat verblichene Jeans an und ein rotes T-Shirt. Auf ihren Gesichtern liegt das Licht, das den Raum erleuchtet, aber mehr noch das Licht des Himmels über dem Moor und seinen langsamen, traumverlorenen Wassern.

Als Tobias gegen Abend nach Hause kam, waren die Fenster im Erdgeschoß hell erleuchtet. Walzermusik klang durch das Haus. Und als er die Tür zum Wohnzimmer öffnete, war er vor Überraschung einen Augenblick starr. Mitten im Raum stand sein Vater, mit einer Eleganz gekleidet, die er nie an ihm gesehen hatte. »Tritt ein, mein Sohn«, sagte Théodore lächelnd, »ich habe auf dich gewartet. Heute feiern wir ein Fest. Früher haben deine Mutter und ich jedesmal zu Neujahr Walzer getanzt, und auch wenn einer von uns dreien Geburtstag hatte. Laß uns einen Walzer ihr zu Ehren tanzen, dann tanzen wir für Sara und für deinen Freund Rafael. Und dann tanzen wir noch für Deborah und Rosa und Wioletka.« Und er umfaßte Tobias leichthändig und gebieterisch und zog ihn im Schwung mit sich.

Tobias brauchte eine Weile, bis er zur Besinnung kam. Dann übermannte ihn Scham, so peinlich und grotesk fand er die Situation, fast wie in seiner Kindheit, wenn der halbgelähmte Vater ihn mit seinen kläglichen Liebkosungen bedrängte. Aber wenig später fiel diese Scham von ihm ab – sie hatte keine Berechtigung.

Er gönnt seinem Vater die Freude. Ein Walzer folgt auf den anderen, bald ein langsamer, bald ein schneller, und Tobias fühlt sich mehr und mehr davongetragen aus jeglicher Zeit. Er tanzt mit Théodore, ebenso aber mit seiner Mutter, mit Rafael, mit Sara, mit Deborah, mit dem stillen Bund seiner Vorfahren. Sogar mit Arthur dem Scheusal, der, auch er mit einem Gespenst seiner Liebe im Arm, auf einem brennenden Kahn gestorben ist. Mit allen tanzt er, mit den Sanften und den Düsteren, den Lebenden und den Toten, und in seinem Kopf dreht es sich, in seinem Herzen rührt es sich sonderbar.

Zum letztenmal spielt Tobias den Stellvertreter, diesmal aus Mitleid, aber nicht mehr in einem Kampf, denn sein Vater ist nicht mehr im Krieg mit der Welt, er hat die Waffen gestreckt. Tobias hat begriffen, daß Théodore mit diesem immer leichtfüßigeren Tanz bis zum Taumel von der Welt Abschied nimmt. Er legt seine Wange an die Schulter seines Vaters und lacht. Er lacht, weil er sonst vielleicht schreien und weinen müßte.

Und sein Lachen fliegt mit der sprühenden Walzermelodie in die Nacht und wirbelt zum Himmel auf mit der Frage, ob so etwas sein darf. Und die Sonnenblumen auf Deborahs Grab recken ihre Köpfe in den Wind wie Fragezeichen.

Inhalt

Sylvie Germain
Tage des Zorns
Roman

Aus dem Französischen
von Christel Gersch

259 Seiten
Band 1020
ISBN 3-7466-1020-6

Wer wagt es noch, oder wieder, so zu erzählen? In traumhaft
schönen, schrecklichen Bildern beschreibt die Autorin des
»Buches der Nächte« hier die Geschichte der wahnwitzigen
Liebe eines Mannes zu einer ihm unbekannten ermordeten Frau,
deren Abbild er drei Jahrzehnte später in ihrer Enkelin wieder-
erstehen sieht.

AᵗV
Aufbau Taschenbuch Verlag

Lisa Appignanesi
In der Stille des Winters
Roman

Aus dem Englischen
von Wolf-Dietrich Müller

412 Seiten. Gebunden
ISBN 3-351-02878-4

Kanada im Winter 1989: Die einstmals gefeierte Schauspielerin
Madeleine Blais wird erhängt in der Scheune ihrer Großmutter
aufgefunden. Alles deutet auf Selbstmord hin. Madeleines Großmutter überredet einen alten Freund und Liebhaber Madeleines
nach einem Motiv für Mord zu suchen, da sie nicht an einen
Selbstmord glaubt. Der Versuch, das Rätsel um Madeleines Tod
zu lösen, wird für Pierre zu einer Reise in die Vergangenheit ...
  So poetisch und geheimnisvoll wie eine Winterlandschaft, so
voller Klang und Sehnsucht wie ein Liebeslied: Lisa Appignanesis
Debüt ist ein psychologischer Krimi von seltener Eindringlich-
keit, ein Roman der uns die Obsession an der eigenen Vergangenheit vor Augen führt – und der den Leser von der ersten Seite
an fesselt.

Aufbau-Verlag

Fred Vargas

Bei Einbruch der Nacht
Roman

Aus dem Französischen
von Tobias Scheffel

336 Seiten. Gebunden
ISBN 3-351-02886-5

Die junge Camille, Komponistin für Fernsehserien und passionierte Leserin von Werkzeugkatalogen, lebt mit dem kanadischen Grizzly-Forscher Lawrence einen Sommer lang in den provenzalischen Alpen. Da passiert etwas Ungeheuerliches, das uralten Aberglauben wieder lebendig werden läßt: Ein Wolfsmensch, so sagen die Leute, zieht nach Einbruch der Dunkelheit mordend durch die Dörfer. Die Gendarmerie zeigt sich uninteressiert. So machen sich der halbwüchsige Sohn der getöteten Suzanne und ein alter Schäfer allein an die Verfolgung des Mörders – und die zarte Camille sitzt am Steuer ihres klapprigen Autos.

Als sie nach wenigen Tagen erschöpft aufgeben müssen, entschließt sich Camille schweren Herzens, einen Profi hinzuzuziehen: Kommissar Adamsberg aus Paris, den Mann, den sie einmal geliebt hat.

Aufbau-Verlag

Fred Vargas

Der untröstliche Witwer
von Montparnasse
Kriminalroman

Aus dem Französischen
von Tobias Scheffel

278 Seiten
Band 1511
ISBN 3-7466-1511-9

Mathias, Marc und Lucien, die drei »Evangelisten« aus der
»Schönen Diva von Saint-Jacques«, die der Zufall zu Kriminali-
sten gemacht hat, haben einige Monate später ihren nächsten
Fall am Hals. Ihr Freund Louis Kehlweiler, Ex-Inspektor beim
Pariser Innenministerium, der mit seinen alten Visitenkarten
noch immer heimlich recherchiert, versteckt einen mutmaß-
lichen Frauenmörder in ihrem Haus. Was zunächst reine Gefällig-
keit gegenüber der netten alten Hure Marthe war, die nicht an
die Schuld des jungen Clément glaubt, wird ein Wettlauf mit der
Zeit. Denn schon am nächsten Morgen steht das Phantombild
des Mörders in allen Zeitungen.

»Fangen Sie dieses Buch an, Sie können es nicht mehr aus der
Hand legen. Die Frage, in welches Schubfach man es tun soll, ist
müßig. Vargas ist einzig in ihrer Art.«   *Le Nouvel Observateur*

»Ihre Figuren sind Zweifler, nie Eroberer. Ihre einzige Waffe ist
ihr Humor, der aus den geschliffenen Dialogen sprüht.«
Libération

Aufbau Taschenbuch Verlag

Frederik Berger
Die Provençalin
Roman

Originalausgabe

702 Seiten
Band 1599
ISBN 3-7466-1599-2

Die Provence im 16. Jahrhundert: Die schöne Madeleine wird
von vielen Edelmännern umworben – auch von Jean Maynier,
dem stolzen Baron von Oppède. Als sie ihn zurückweist, beginnt
er, sie mit seinem Haß zu verfolgen. Die tragische Verstrickung
zweier Adelsfamilien nimmt ihren Lauf. Jean Maynier wird als
Heerführer gegen die Waldenser zum Schrecken der Provence.
Sein Sohn Pierre verliebt sich ausgerechnet in Madeleines Tochter, doch Jean Maynier versucht mit aller Macht, die Liebe seines
Sohnes zu zerstören – und macht sich Madeleine endgültig zu
seiner gefährlichsten Gegnerin.

AtV
Aufbau Taschenbuch Verlag

Robert Merle

Fortune de France

*Witzig, ironisch, dramatisch:
Robert Merle ist der Dumas
des 20. Jahrhunderts.*

Band 1:
Fortune de France
*Roman. 415 Seiten
ISBN 3-7466-1213-6*

Band 2:
In unseren grünen Jahren
*Roman. 456 Seiten
ISBN 3-7466-1214-4*

Band 4:
Der wilde Tanz der Seidenröcke
*Roman. 470 Seiten
ISBN 3-7466-1216-0*

Band 3:
Die gute Stadt Paris
*Roman. 707 Seiten
ISBN 3-7466-1215-2*

Band 5:
Das Königskind
*Roman. 478 Seiten
ISBN 3-7466-1217-9*

Die Romanfolge »Fortune de France« ist Robert Merles bedeutendstes Werk. Sie erzählt die Geschichte der Adelsfamilie Siorac im Zeitraum von 1550 bis in die zwanziger Jahre des 17. Jahrhunderts, dem dramatischen Jahrhundert der französischen Religionskriege.

A^{t}V
Aufbau Taschenbuch Verlag

Robert Merle

Das Idol

Roman

Aus dem Französischen
von Brigitte Kautz

540 Seiten
Band 1220
ISBN 3-7466-1220-9

Vittoria Accoramboni war die schönste Frau Italiens im
16. Jahrhundert – großherzig, klug, begehrt, vergöttert für
ihre Schönheit. Aber diese Schönheit war auch ihr Fluch.
Eben dadurch wurde sie zum bloßen Objekt einer Männer-
welt, die Macht, Besitz und das Recht auf Sinnenlust für sich
gepachtet hatte. In den Machtkämpfen zwischen prunksüch-
tigen Kirchenfürsten und selbstherrlichen Adelsfamilien zer-
rieben, bezahlte sie ihre erste wirkliche Liebe mit dem Leben.
Um diese junge Frau, »die in unserer Zeit ein Star gewesen
wäre«, schreibt Robert Merle einen wie immer spannenden
Abenteuerroman.

A*t*V
Aufbau Taschenbuch Verlag

Marc Levy

Solange du da bist
Roman

Aus dem Französischen
von Amelie Thoma

277 Seiten. Gebunden
ISBN 3-352-00565-6

»Was denkt wohl einer, dem eine fingerschnipsende Frau im Wandschrank seines Badezimmers erscheint? Arthur jedenfalls glaubt, er träume. Doch dies ist erst der Beginn seiner unglaublichen Geschichte: Lauren, eine junge Ärztin, die nach einem Verkehrsunfall im Koma liegt, erscheint ihm als Gespenst. Nur Arthur kann sie sehen, und so kommt es, daß er scheinbar auf der Straße einen Schatten umarmt – Anzeichen von Wahnsinn. Ein wunderbares Märchen und ein Lehrstück über das Leben.«   *Der Spiegel*

»Levys Roman hat atmosphärische Dichte, er lebt von einer geradezu magischen und poetischen Vorstellungskraft. Er schreckt vor den großen Gefühlen nicht zurück. Das sichert ihm wahrscheinlich den weltweiten Erfolg. Ein erstaunlich stilsicherer Mix aus Sartre und Saint-Exupéry. Kein Wunder, daß ein solcher erzählerischer Meister seinen Weg nach Hollywood findet. Natürlich hat Steven Spielberg den erfolgsträchtigen Stoff sofort gerochen. Er wird das Buch verfilmen.«   *3sat*

Rütten & Loening

Neil Blackmore

Der Himmel
über Damaskus
Roman

*Aus dem Englischen
von Matthias Müller*

*272 Seiten. Gebunden
ISBN 3-351-02888-1*

Damaskus im Jahr 1945 – ein Schleier aus Verlangen und Gefahr
liegt über der sinnlichsten aller orientalischen Städte, dem
Schmelztiegel alter Hochkulturen und kolonialer Herrschaft.

Die Eheleute Paul und Marina Esmond treffen nach mehrjähri-
ger Trennung gemeinsam in der brodelnden Stadt ein, wo Paul
eine führende Stellung in der britischen Verwaltung innehat. Die
Damen der High-Society beneiden Marina um ihren attraktiven
und zuvorkommenden Mann. Doch restlos glücklich ist Marina
nicht: Paul kann ihren Kinderwunsch nicht erfüllen; ihre körperliche Lust bleibt unbefriedigt. Schließlich entdeckt Marina den
Grund für Pauls Zurückhaltung, er hat eine Affäre mit dem ara-
bischen Studenten Sulaymann. Sie stellt Paul ein Ultimatum, aber
er liebt sowohl seine elegante Ehefrau als auch den verträumten
Habenichts Sulaymann. Haß, Reue und Eifersucht treiben die
Beteiligten um, die Situation droht zu eskalieren …

Eine fatale Dreiecksgeschichte, ein malerischer Abgesang auf
die Kolonialzeit und eine wunderbare Liebeserklärung an eine
der ältesten Städte der Welt.

Aufbau-Verlag

Colette Davenat
Die Favoritin
Roman

*Aus dem Französischen
von Christel Gersch*

*Mit einer Karte
379 Seiten
Band 1650
ISBN 3-7466-1650-6*

Im Reich der Inkas des 16. Jahrhunderts wächst ein junges Mädchen auf, eine Bauerntochter. Für ihre Schönheit wird sie an den Hof des herrschenden Inkas aufgenommen und in allen Künsten und Sitten ausgebildet. Als Favoritin des regierenden Inkas gelangt sie zu Reichtum und Einfluß.

In ihrem spannenden historischen Roman erzählt Colette Davenat den dramatischen Untergang des Inkareichs im Kampf gegen die spanische Krone.

»Colette Davenats praller Historien-Schmöker ist voller farbiger Details über eine einstige Hochkultur.« *Brigitte*

»Colette Davenats brillanter historischer Roman erzählt die Geschichte einer stolzen, rebellischen Frau, die sich die Begierden der Männer für ihre tödliche Rache zunutze macht.«
Wochenkurier Heidelberg

A*t*V
Aufbau Taschenbuch Verlag

Philippa Gregory

Die Schwiegertochter

Roman

Aus dem Englischen
von Ulrike Seeberger

400 Seiten
Band 1649
ISBN 3-7466-1649-2

Eigentlich könnte Ruth zufrieden sein. Sie liebt ihren Ehemann, hat eine interessante Arbeit, nette, fürsorgliche Schwiegereltern, die nun für das Paar ein kleines Haus ganz in der Nähe gekauft haben. Wie praktisch, daß Ruth gerade jetzt zum ersten Mal schwanger wird.

Das Baby wird geboren, und nun beweist die Schwiegermutter Perfektion in der Säuglingspflege. Doch allmählich wird die ständige Einmischung zum Alptraum für Ruth. Sie muß alle Kräfte aufbieten, um ihren Mann und ihren Sohn endlich wieder für sich zu haben ...

»Ein Gänsehaut machendes Psychodrama mit Sogwirkung.«
Journal für die Frau

»Eine psychologisch Studie, nahe bei Patricia Highsmith und Fay Weldon angesiedelt.« *Ostthüringer Zeitung*

Aufbau Taschenbuch Verlag

Werde nie müde mir zu sagen daß Du mich liebst
Die schönsten Liebesbriefe

Herausgegeben
von Annette C. Anton

Mit 6 Abbildungen, 185 Seiten
Seidenglanzbuchleinen
ISBN 3-352-00628-8

»Werde nie müde mir zu sagen daß du mich liebst«, schrieb Goethe am 23. Juli 1784 nicht zufällig an Charlotte von Stein. Es war eine Aufforderung, nicht zur Liebe selbst, sondern dazu, ihr eine Sprache zu geben. Die in diesem Band versammelten Liebesbriefe gehören mit zu den schönsten Texten der deutschen Literatur, sie sind so frisch und unverbraucht wie am Tag ihrer Entstehung. Sie lassen uns teilhaben am Schicksal anderer, und deshalb lesen wir sie mit Ergriffenheit oder Neugierde, mit Bestürzung oder Erheiterung. Jedem Brief ist in wenigen Sätzen eine kleine Geschichte seiner Entstehung vorangestellt. Mit Briefen von: Thomas Mann, Franz Kafka, Friedrich Nietzsche, Gottfried Keller, Wolfgang Amadeus Mozart, Bertolt Brecht, Johann Wolfgang von Goethe, Sigmund Freud, Arthur Schnitzler, Paula Modersohn-Becker, Clara Schumann, Rosa Luxemburg, Bettina von Arnim u. v. a.

Rütten & Loening

Rainer Maria Rilke

Hundert Gedichte

*Herausgegeben von Gisela
und Ulrich Häussermann*

*144 Seiten. Leinen
ISBN 3-351-02899-7*

In feinster Ausstattung mit Leineneinband eignet dieser Band
sich vorzüglich zum Verschenken und Wiederlesen. Im Mittelpunkt der von Gisela und Ulrich Häussermann herausgegebenen
Sammlung stehen die Gedichte aus Rilkes früher und mittlerer
Lebenszeit: Sie laden den Leser ein, mitzuhören auf die Stimmen
und hintergründigen Töne im Herbsttag, den geschmeidigen
Schritten des Panthers zu folgen, mitzugehen auf den Spuren
eines Mädchens, dessen Weg ein frühes Gedicht zeichnet. Bilder
und Beobachtungen, Farben und Klänge erfreuen jeden, der sich
diesen Versen unbefangen nähert.

Aufbau-Verlag

Nino Filastò

Alptraum mit Signora
Ein Avvocato Scalzi Roman

Aus dem Italienischen
von Bianca Röhle

380 Seiten
Band 1600
ISBN 3-7466-1600-X

Florenz – lichte Stadt der Kunst und Stadt düsterer Geheimnisse. Zwei brutale Morde sind an Menschen geschehen, die einem Maler Modell gesessen haben. Wer ist dieser geniale Fälscher, der malt wie die Künstler des Quattrocento, der das antike Geheimnis ihrer Farben kennt, der ein lebendes Modell braucht – und der dieses Modell am Ende umbringt? Ein neuer, geradezu unheimlicher Fall für Avvocato Scalzi, bei dem ein weltberühmtes Bild des Renaissancemalers Paolo Uccello zur dramatischen Person wird.

»Ein erstklassiger Krimi, außergewöhnlich gut geschrieben, spannend, hintergründig, atmosphärisch dicht, voller Geschichte und Geschichten. Und ... molto italiano.«   *WDR*

»Ein scharfsinnig komponierter Krimi, in dem alles lebensecht italienisch wirkt – die raffiniert gefälschten Bilder inbegriffen.«
                                                              Brigitte

At V
Aufbau Taschenbuch Verlag

Hanjo Lehmann

Die Truhen
des Arcimboldo

Nach den Tagebüchern
des Heinrich Wilhelm Lehmann
Roman

699 Seiten
Band 1542
ISBN 3-7466-1542-9

In den untersten, allergeheimsten Kellergewöben des Vatikans
wird im Jahre 1848 der junge Schlosser Luigi Calandrelli ver-
schüttet. Als er die Mauern seines Verlieses abklopft, stößt er auf
eine mysteriöse Truhe mit siebenhundert Jahre alten Pergamen-
ten – sorgsam verborgene Dokumente gegen Intoleranz und
Fundamentalismus, die den Machtanspruch der römischen Kirche untergraben.

Zwanzig Jahre später vertraut er einem befreundeten preußi-
schen Eisenbahningenieur seine Aufzeichnungen über die dama-
ligen Ereignisse an. Von nun an gerät dieser in ein Netz von In-
trigen, Machtkämpfen und lebensbedrohlichen Situationen,
denn der Vatikan fürchtet im Jahr des Konzils, auf dem die Un-
fehlbarkeit des Papstes verkündet werden soll, nichts so sehr wie
die Veröffentlichung dieser aufrührerischen Dokumente.

Ein packender historischer Roman, vorzüglich recherchiert,
der in die Kultur- und Kirchengeschichte des 19. Jahrhunderts
führt und zugleich eine ganz eigene Welt der Sinnlichkeit offenbart, erzählen Luigis Briefe doch auch vom genußvollen Zele-
brieren sexueller Lust.

Aufbau Taschenbuch Verlag